William
SHAKESPEARE
1564 — 1616

Уильям
ШЕКСПИР

Много шума из ничего

Как вам это понравится

Комедии

Санкт-Петербург

УДК 821.111
ББК 84(4Вел)-6
Ш 41

Текст печатается по изданию:
Шекспир У. Полное собрание сочинений: В 8 т.
М.: Искусство, 1957–1960. Т. 4, 5.

**Перевод с английского
Татьяны Щепкиной-Куперник**

Серийное оформление Вадима Пожидаева

Оформление обложки Валерия Гореликова

© Т. Щепкина-Куперник (наследники),
    перевод, 2022
© А. Смирнов (наследник), послесловие,
    примечания, 2022
© Издание на русском языке, оформление.
    ООО «Издательская Группа
    „Азбука-Аттикус"», 2011
    Издательство АЗБУКА®

ISBN 978-5-389-03203-3

Много шума из ничего

Комедия в пяти актах

ДЕЙСТВУЮЩИЕ ЛИЦА

Дон Педро, принц Арагонский.
Дон Хуан, его побочный брат.
Клавдио, молодой знатный флорентинец.
Бенедикт, молодой знатный падуанец.
Леонато, мессинский губернатор.
Антонио, его брат.
Балтазар, слуга дона Педро.
Борачио }
Конрад } приближенные дона Хуана.
Отец Франциск, монах.
Кизил, пристав.
Булава, помощник его.
Протоколист.
Мальчик.
Геро, дочь Леонато.
Беатриче, племянница Леонато.
Маргарита }
Урсула } камеристки Геро.
Гонцы, стража, свита, слуги.

Место действия — Мессина.

АКТ I

СЦЕНА ПЕРВАЯ

Перед домом Леонато.
Входят Леонато, Геро, Беатриче и гонец.

Леонато. Я вижу из этого письма, что герцог Арагонский прибудет сегодня вечером к нам в Мессину.

Гонец. Сейчас он уже близко, я его оставил мили за три отсюда.

Леонато. Сколько же дворян потеряли вы в этом сражении?

Гонец. Очень немного; а из знатных — никого.

Леонато. Победа — двойная, когда победители возвращаются без потерь. В письме сообщается, что дон Педро весьма отличил молодого флорентинца по имени Клавдио.

Гонец. Он вполне заслужил это, и дон Педро, упомянув о нем, лишь воздал ему должное: синьор Клавдио превзошел все, что можно было ожидать от него в его возрасте — он дрался как лев во образе агнца. Словом, он превысил все надежды настолько, что это превышает мое уменье рассказывать.

Леонато. В Мессине у него есть дядя, которого эти вести очень порадуют.

Гонец. Я уже вручил ему письма: он очень обрадовался им, до такой степени, что радость из стыдливости прибегла к наружным признакам горести.

Леонато. Он заплакал?

Гонец. Неудержимо.

Леонато. Сердечный избыток сердечности! Что может быть правдивее лица, омытого подобными слезами? Насколько лучше плакать от радости, чем радоваться слезам!

Беатриче. А скажите, пожалуйста, синьор Фехтовальщик вернулся с войны или нет?

Гонец. Я такого имени не слыхал, синьора. В нашем войске такого человека не было.

Леонато. О ком это ты спрашиваешь, племянница?

Геро. Кузина имела в виду синьора Бенедикта из Падуи.

Гонец. А, он вернулся; и такой же весельчак, как всегда.

Беатриче. Он по всей Мессине развесил объявления, вызывая Купидона на состязание в стрельбе острыми стрелами; а дядюшкин шут прочел вызов, расписался за Купидона и предложил состязаться тупыми стрелами. Скажите, пожалуйста, много людей он на этой войне убил и съел? То есть много ли он убил? Потому что съесть всех, кого он убьет, обещала я.

Леонато. Право, племянница, ты слишком нападаешь на синьора Бенедикта; но я не сомневаюсь, что он поладит с тобой.

Гонец. Он очень отличился на войне, сударыня.

Беатриче. Верно, у вас был залежалый провиант и он помог вам с ним управиться? Он доблестный обжора: желудок у него превосходный.

Гонец. Он превосходный воин, сударыня.

Беатриче. Да, когда он с дамами; а каков-то он с кавалерами?

Гонец. С кавалером он — кавалер, и с воином — воин: он полон всяких достоинств.

Беатриче. Прямо-таки начинен ими, как пирог; но что до качества начинки... все мы — люди смертные.

Леонато. Не принимайте, сударь мой, всерьез выходок моей племянницы. Между нею и синьором Бенедиктом идет шуточная война: стоит им только сойтись, как сейчас же начинается перестрелка остротами.

Беатриче. Увы, он никогда не остается в выигрыше! В нашей последней стычке четыре из его пяти умственных способностей получили тяжелое увечье, и теперь им управляет одна-единственная; если у него хоть малая толика ума осталась — так хватит разве на то, чтобы отличить его от его лошади. Это единственное, что дает ему право называться разумным существом. А кто теперь его приятель? У него ведь каждый месяц новый названый братец.

Гонец. Возможно ли?

Беатриче. Очень даже возможно; его верность — все равно что фасон его шляп: меняется с каждой новой болванкой.

Гонец. Я вижу, сударыня, что этот кавалер не записан у вас в почетных книгах.

Беатриче. Нет! Будь это так, я сожгла бы всю мою библиотеку. Но все-таки кто же его приятель? Неужели нет какого-нибудь молодого шалопая, который готов с ним вместе отправиться хоть к самому черту?

Гонец. Он чаще всего бывает в обществе благородного Клавдио.

Беатриче. О Господи! Он пристанет к нему, как болезнь: он прилипчивее чумы, а кто им заразится, тот непременно сойдет с ума. Помоги, Создатель, благородному Клавдио! Если он заразился Бенедиктом, леченье обойдется ему в тысячу фунтов.

Гонец. Разрешите мне быть вашим другом, синьора.

Беатриче. Сделайте одолжение, милый друг.

Леонато. Ну, племянница, тебе-то уж не грозит опасность сойти с ума.

Беатриче. Разве что в январе жара хватит.

Гонец. Идет дон Педро.

Входят дон Педро, дон Хуан, Клавдио, Бенедикт и Балтазар.

Дон Педро. Добрейший синьор Леонато, вы сами причиняете себе беспокойство. Другие стараются избежать лишних расходов, а вы сами напрашиваетесь на них.

Леонато. Беспокойство никогда не является в мой дом в лице вашего высочества. Ведь когда беспокойство исчезает — остается облегчение, а когда вы от меня уезжаете — остается огорчение, а счастье говорит: «Прости».

Дон Педро. Вы слишком охотно берете на себя заботы. Это, вероятно, ваша дочь?

Леонато. По крайней мере ее мать не раз мне это говорила.

Бенедикт. А вы разве сомневались в этом, что спрашивали ее?

Леонато. Нет, синьор Бенедикт, потому что вы тогда были еще ребенком.

Дон Педро. Получайте, Бенедикт! Теперь ясно, чем вы стали, когда сделались мужчиной. — Но, право, ее лицо ясно говорит, кто ее отец. — Будьте счастливы, сударыня: вы походите лицом на достойнейшего человека.

Бенедикт. Хотя синьор Леонато и отец ей, однако я уверен, что она за всю Мессину не согласилась бы иметь его голову на своих плечах, как она на него ни похожа.

Беатриче. Удивляюсь, как это вам охота все время болтать, синьор Бенедикт, когда на вас никто не обращает внимания.

Бенедикт. Как, милейшая Шпилька, вы еще живы?

Беатриче. Может ли Шпилька умереть, когда у нее есть такой удобный предмет для уколов, как синьор Бенедикт? Сама Любезность должна превратиться в Шпильку в вашем присутствии.

Бенедикт. Тогда Любезность станет оборотнем. Но одно верно: в меня влюблены все дамы, за исключением вас одной. А я от всего сердца хотел бы, чтобы мое сердце не было таким жестоким, но я ни одной не люблю.

Беатриче. Какое счастье для женщин! Иначе им пришлось бы терпеть убийственного поклонника. Благодарю Бога и мою холодную кровь, что в этом я похожа на вас: для меня приятнее слушать, как моя собака лает на ворон, чем как мужчина клянется мне в любви.

Бенедикт. Да укрепит небо вашу милость в подобных чувствах! Это избавит немало господ от царапин на физиономии.

Беатриче. Если физиономия вроде вашей, так от царапин хуже не станет.

Бенедикт. Ну, вам бы только попугаев обучать.

Беатриче. Птица моей выучки будет лучше, чем животное, похожее на вас.

Бенедикт. Хотел бы я, чтобы моя лошадь равнялась быстротой и неутомимостью с вашим язычком. Впрочем, продолжайте с Богом; я кончил.

Беатриче. Вы всегда кончаете лошадиной остротой. Я это давно знаю.

Дон Педро. Отлично, Леонато. — Синьор Клавдио и синьор Бенедикт, мой дорогой друг Леонато приглашает нас всех к себе. Я ему сказал, что мы пробудем здесь по меньшей мере месяц, но он выражает сердечное желание, чтобы какая-нибудь случайность задержала нас еще дольше. И я готов поклясться, что это не притворство, а чистая правда.

Леонато. Если вы в этом поклянетесь, ваше высочество, то не рискуете оказаться клятвопреступником. (*Дону Хуану.*) Позвольте мне приветствовать и вас, ваша светлость. Раз вы примирились с вашим братом, я весь к вашим услугам.

Дон Хуан. Благодарю. Я не люблю многословия, но... Благодарю.

Леонато. Не угодно ли вашему высочеству пройти вперед?

Дон Педро. Вашу руку, Леонато: войдем вместе.

Уходят все, кроме Бенедикта и Клавдио.

Клавдио. Бенедикт, заметил ты дочь синьора Леонато?

Бенедикт. Заметить не заметил, но видел ее.

Клавдио. Какая скромная молодая девушка!

Бенедикт. Как вы спрашиваете меня: как честный человек, только затем, чтобы узнать мое искреннее мнение, или вы хотите, чтобы я ответил вам, по моему обыкновению, как признанный враг женского пола?

Клавдио. Нет. Прошу тебя, отвечай просто и прямо.

Бенедикт. Что ж, по-моему, для большой похвалы она слишком мала; для высокой — слишком низка; для ясной — слишком смугла. Одно могу сказать в ее пользу: будь она иной, она была бы нехороша; а такая, как есть, она мне не нравится.

Клавдио. Ты думаешь, что я шучу? Нет, я прошу тебя сказать искренне, как она тебе нравится.

Бенедикт. Да что ты, купить ее, что ли, хочешь, что так о ней расспрашиваешь?

Клавдио. Разве может кто-нибудь в мире купить такую драгоценность?

Бенедикт. О да, и даже найти футляр, чтобы уложить ее. Но что ты это — серьезно говоришь или так, играешь в остроумие вроде болтунов, утверждающих, что Купидон — хороший охотник на зайцев, а Вулкан — отличный плотник? Скажи: в каком ключе надо тебе подпевать, чтобы попасть в тон твоей песне?

Клавдио. На мой взгляд — это прелестнейшая девушка, какую я когда-либо видел.

Бенедикт. Я могу еще обходиться без очков, однако ничего такого не вижу. Вот ее сестра — не вселись в нее бес — была бы лучше ее настолько, насколько начало мая лучше конца декабря. Но, я надеюсь, тебе не захотелось обратиться в женатого человека? Или захотелось?

Клавдио. Я не поверил бы самому себе, если бы поклялся в противном, согласись только Геро стать моей женой.

Бенедикт. Вот до чего дело дошло! Да неужели же во всем мире нет ни одного человека, который бы желал носить на голове шапку, не вызывая подозрений? Неужели так мне никогда и не видать шестидесятилетнего холостяка? Ну что ж, валяй! Раз ты непременно хочешь носить ярмо, подставляй шею и вздыхай напролет все воскресные дни. Смотри, дон Педро идет сюда: должно быть, он ищет нас.

Входит дон Педро.

Дон Педро. Какие это секреты задержали вас здесь, помешав последовать за Леонато?

Бенедикт. Я бы хотел, чтобы ваше высочество принудили меня открыть вам все.

Дон Педро. Повелеваю тебе именем твоей присяги на верность.

Бенедикт. Ты слышишь, граф Клавдио? Я умею хранить тайны, как немой, — ты в этом не должен сомневаться. Но именем моей присяги на верность — слышишь, присяги на верность! — он влюблен! «В кого?» (Это спрашивает ваше высочество.) Заметьте, до чего быстр его ответ: «В маленькую Геро, дочь Леонато».

Клавдио. Если это действительно так, — ответ правильный.

Бенедикт. Как в старой сказке, ваше высочество: «Это не так, и не было так, и дай Боже, чтобы этого не было».

Клавдио. Если страсть моя внезапно не исчезнет, дай Боже, чтобы так оно и было.

Дон Педро. Аминь, если вы любите ее; она вполне достойна любви.

Клавдио. Вы это говорите, чтобы меня поймать, ваше высочество?

Дон Педро. Клянусь честью, я искренне высказал свои мысли.

Бенедикт. А я клянусь и честью и истиной, что высказал свои.

Клавдио. Что я люблю ее — это я чувствую.

Дон Педро. Что она достойна любви — это я знаю.

Бенедикт. А вот я так не чувствую, как ее можно любить, и не знаю, достойна ли она любви. Таково мое мнение, и его из меня огнем не выжечь: готов за это на костре умереть.

Дон Педро. Ты всегда был закоренелым еретиком в отношении прекрасного пола.

Клавдио. И он всегда выдерживал эту роль только благодаря силе воли.

Бенедикт. Я очень благодарен женщине — за то, что она меня родила, и за то, что меня выкормила, тоже нижайше благодарю; но чтобы у меня на лбу играла роговая музыка или чтобы привесить мне рожок на невидимый ремешок,— нет, тут уж пусть женщины меня извинят. Я не желаю оскорбить своим недоверием какую-нибудь одну из них и потому не верю ни одной. Окончательный вывод — то, что меня не проведешь и я до конца жизни останусь холостяком.

Дон Педро. Прежде чем умру, я еще увижу тебя побледневшим от любви.

Бенедикт. От злости, от болезни или от голода, ваше высочество, но уж никак не от любви. Если я начну бледнеть от любви, вместо того чтобы краснеть от вина, — позволяю вам выколоть мне глаза пером плохого стихоплета и повесить меня вместо вывески над входом в публичный дом в качестве слепого Купидона.

Дон Педро. Ну, если ты когда-нибудь отречешься от своих слов, ты будешь славной мишенью для насмешек.

Бенедикт. Если отрекусь, повесьте меня как кошку в кувшине и стреляйте в меня. И кто в меня попадет, того можете хлопнуть по плечу и назвать Адамом Беллом.

Клавдио. Время покажет! Говорят ведь: «И дикий бык свыкается с ярмом!»

Бенедикт. Дикий бык — может быть; но если благоразумный Бенедикт влезет в ярмо — спилите у быка рога и нацепите мне их на голову, потом размалюйте меня и подпишите под портретом огромными буквами, как пишут: «Здесь сдается внаем хорошая лошадь», «Здесь показывают женатого Бенедикта».

Клавдио. Если это случится, ты, пожалуй, станешь бодаться.

Дон Педро. Нет. Если только Купидон не растратил в Венеции всех своих стрел, не миновать тебе этого потрясения.

Бенедикт. Скорее землетрясение случится.

Дон Педро. Время покажет. А пока что, любезнейший синьор Бенедикт, отправляйтесь к Леонато, передайте ему мой привет и скажите, что я не премину прийти к нему на ужин. Он затеял большие приготовления...

Бенедикт. Вот такое поручение особенно охотно исполню. «А засим, вручаю вас...»

Клавдио. «...милости Божией. Писано в моем доме, если бы он был у меня...»

Дон Педро. «...июля шестого дня. Ваш любящий друг Бенедикт».

Бенедикт. Нечего смеяться, нечего смеяться. Красноречие ваше заштопано лохмотьями, да и те плохо держатся на нем. Вы бы посовестились пускать в ход старые остроты. На этом я вас оставляю. (*Уходит.*)

Клавдио

Я вас прошу помочь мне, сударь.

Дон Педро

Моя любовь помочь тебе готова.
Но как? Скажи — и выучит она
Урок труднейший, чтоб тебе помочь.

Клавдио

Есть сын у Леонато, государь?

Дон Педро

Наследница и дочь одна лишь — Геро.
Ее ты любишь?

Клавдио

О мой государь,
Когда мы шли в поход, что ныне кончен,
Я любовался ею как солдат,
Которому суровый долг мешает
Дать нежной склонности расцвесть в любовь.
Но я вернулся — бранные заботы
Меня покинули: на место их
Стеклись толпою сладкие желанья.
Они мне шепчут, что прекрасна Геро,
Что до войны была уж мне мила.

Дон Педро

Теперь всех слушателей, как влюбленный,
Потоком слов ты станешь донимать!
Ты любишь Геро — ну так и люби.
С ее отцом и с ней поговорю я:
Она твоею будет. Не затем ли
Ты начал плесть искусно свой рассказ?

Клавдио

Как нежно вы врачуете любовь,
По бледности поняв ее страданья!

Чтоб вы ее внезапной не сочли,
Хотел помочь я делу длинной речью.
Дон Педро
Зачем же шире речки строить мост?
Подарок лучший — то, в чем есть потребность.
Смотри, как это просто: ты влюблен,
А я тебе лекарство предоставлю.
Сегодня ночью будет праздник дан.
Я за тебя могу сойти под маской.
Скажу прекрасной Геро, что я Клавдио,
От сердца к сердцу все открою ей,
И слух ее я силой в плен возьму
И пылким приступом влюбленной речи.
Затем с ее отцом я потолкую,
И в заключение — она твоя.
Давай скорее примемся за дело.

Уходят.

СЦЕНА ВТОРАЯ

Комната в доме Леонато.
Входят с разных сторон Леонато и Антонио.

Леонато. Ну что, братец? Где же мой племянник, где твой сын? Позаботился он о музыке?

Антонио. Хлопочет изо всех сил. Но послушай-ка, братец: я сейчас расскажу тебе такие новости, что тебе и во сне не снились.

Леонато. А хорошие это новости?

Антонио. Смотря по тому, как развернутся события; но на первый взгляд неплохие, я бы сказал даже — очень хорошие. Принц и граф Клавдио прогуливались в густой аллее у меня в саду, и один из моих слуг подслушал их разговор. Принц признавался Клавдио, что он влюблен в мою племянницу, твою дочь, и намерен открыться ей нынче вечером, во время танцев; и если получит ее согласие, то времени терять не станет, а сейчас же переговорит с тобой.

Леонато. А у него есть царь в голове? У того, кто это тебе говорил?

Антонио. Это малый смышленый; я пошлю за ним — расспроси его сам.

Леонато. Нет, нет. Будем считать это сном, пока все не сбудется в действительности. Но дочь мою надо предупредить — на случай, если это окажется правдой. Ступай расскажи ей это.

Входят слуги.

Вы, голубчики, знаете, что вам надо делать. — Э, дружок, сделай милость, пойдем со мной. Придется тебе проявить всю твою сноровку. Уж постарайся, голубчик, помоги мне в хлопотах.

Уходят.

СЦЕНА ТРЕТЬЯ

Там же.
Входят дон Хуан и Конрад.

Конрад. Что это значит, ваша светлость? Почему вы так непомерно печальны?

Дон Хуан. Причина этому превыше всякой меры; оттого и у моей печали нет границ.

Конрад. Вам бы следовало послушаться доводов рассудка.

Дон Хуан. Ну, а если я их послушаюсь, какую пользу мне это принесет?

Конрад. Если это и не доставит вам быстрого облегчения, то по крайней мере поможет терпеливо переносить неприятности.

Дон Хуан. Странно! Ты сам говоришь, что родился под знаком Сатурна, а вместе с тем пытаешься предложить мне нравственные средства против смертельного недуга. Я не умею скрывать свои чувства: когда у меня есть причина для печали, я должен быть печальным и ни на чьи шутки не улыбаться; когда я голоден, я должен есть и никого не дожидаться; когда меня ко сну клонит, должен спать, не заботясь ни о чьих делах; когда мне весело — смеяться и никогда не подделываться под чье бы то ни было настроение.

К о н р а д. Да, но вам не следует выказывать свой характер, пока вы не будете вполне самостоятельны. Вы так недавно восставали против вашего брата; сейчас он вернул вам свою милость, но, чтобы вам утвердиться в ней, уж вы сами должны позаботиться о хорошей погоде. Сумейте выбрать время для своей жатвы.

Д о н Х у а н. Я бы лучше хотел быть чертополохом у забора, чем розой в саду его милости. По моей натуре, мне приятнее терпеть общее презрение, чем притворством красть чью-нибудь любовь. Хоть и нельзя сказать, что я честный льстец, зато никто не станет отрицать, что я откровенный негодяй. Мне доверяют, надев намордник, и дают свободу, опутав ноги. Вот я и решил: не буду петь в клетке! Снимите с меня намордник — я буду кусаться; дайте мне свободу — я буду делать все, что хочу. Пока что — дай мне быть самим собой и не старайся изменить меня.

К о н р а д. Неужели вы не можете извлечь какой-нибудь пользы из вашего недовольства?

Д о н Х у а н. Я из него извлекаю всю пользу, какую могу, потому что это все, что у меня есть! Кто это идет?

Входит Борачио.

Что нового, Борачио?

Б о р а ч и о. Я только что с великолепного ужина. Леонато по-царски принимает вашего брата. Могу вам сообщить о предстоящей свадьбе.

Дон Хуан. Нельзя ли из этого устроить какую-нибудь каверзу? Какой дуралей хочет обручиться с заботами?

Борачио. Представьте себе, правая рука вашего брата.

Дон Хуан. Кто? Очаровательный Клавдио?

Борачио. Он самый.

Дон Хуан. Прекраснейший кавалер. Но на ком же? На ком? Кто прельстил его?

Борачио. Представьте себе, Геро — дочь и наследница Леонато.

Дон Хуан. Быстро же он оперился! Но как ты это узнал?

Борачио. Мне приказали покурить в комнатах. И вот, когда я зашел в одну непроветренную комнату, вдруг вижу: идут мне навстречу принц и Клавдио под ручку и о чем-то серьезно разговаривают. Я мигом юркнул за занавеску и оттуда все слышал — как они условились, что принц посватает Геро и, получив ее согласие, вручит ее графу Клавдио.

Дон Хуан. Ого! Пойдем-ка туда. Пожалуй, тут есть на чем сорвать мою досаду. Этот юный выскочка — причина моего падения, и если я хоть как-нибудь сумею насолить ему, я буду очень счастлив. Верны ли вы оба и беретесь ли мне помочь?

Конрад. По гроб жизни, ваша светлость.

Дон Хуан. Пойдем же на их великолепный ужин. Их веселье еще увеличивается сознанием, что я побежден. О, если бы повар разделял мои чувства! Но пойдем посмотрим, что тут можно сделать.

Борачио. Мы к услугам вашей светлости.

Уходят.

АКТ II

СЦЕНА ПЕРВАЯ

Зал в доме Леонато.
Входят Л е о н а т о, А н т о н и о, Г е р о, Б е а т р и ч е
и другие.

Л е о н а т о. А графа Хуана не было за ужином?

А н т о н и о. Я не видел его.

Б е а т р и ч е. Какое кислое выражение лица у этого господина! Мне стоит на него взглянуть — и меня потом целый час изжога мучает.

Г е р о. Он очень меланхолического нрава.

Б е а т р и ч е. Вот если бы взять среднее между ним и Бенедиктом, превосходный вышел бы человек: один — совсем истукан, ничего не говорит, другой — настоящий маменькин сынок, вечно болтает без умолку.

Л е о н а т о. Значит, если бы половину языка синьора Бенедикта в уста графа Хуана, а половину меланхолии графа Хуана на лицо синьора Бенедикта...

Б е а т р и ч е. ...да еще вдобавок красивые ноги, дядюшка, и побольше денег в кошельке. О, такой мужчина покорил бы любую женщину в мире, если бы только мог заслужить ее благосклонность!

Л е о н а т о. Право, племянница, ты никогда не найдешь себе мужа, если будешь так остра на язычок.

Антонио. Да, она уж очень любит бодаться.

Беатриче. Нестрашно! Ведь говорят: «Бодливой корове Бог рог не дает».

Леонато. Так ты думаешь, что и тебе Бог рог не даст?

Беатриче. Конечно, если он не даст мне мужа, о каковой милости я коленопреклоненно молю его денно и нощно. О Господи! Бородатый мужчина — какой ужас! Да я лучше соглашусь спать на шерстяных простынях!

Леонато. Можешь попасть и на безбородого.

Беатриче. А что мне с ним делать? Одеть его в мое платье и сделать своей горничной? У кого есть борода, тот уже не юноша, у кого ее нет, тот еще не мужчина. Если он уже не юноша, он для меня не годится; если он еще не мужчина, я для него не гожусь. Лучше уж наймусь к вожаку медведей и буду водить его обезьян в аду.

Леонато. Что же это, ты намерена отправиться в ад?

Беатриче. Нет, только до ворот, дядюшка! Там меня встретит дьявол — этот старый рогоносец — и скажет: «Ступай на небо, Беатриче, ступай на небо! Тут вам, девицам, нет места!» Тогда я ему оставлю обезьян, а сама — к святому Петру на небеса. Он мне укажет, где помещаются холостяки, и тут пойдет у нас веселье день-деньской.

Антонио *(к Геро).* А ты, племянница, надеюсь, будешь повиноваться отцу?

Беатриче. О, конечно. Кузина сочтет своим долгом присесть и сказать: «Как вам будет угодно, батюшка!» Но смотри, кузина, пусть это будет красивый малый, а то лучше присядь в другой раз и скажи: «Как мне будет угодно, батюшка!»

Леонато. Хорошо, хорошо, племянница. А я все-таки надеюсь в один прекрасный день увидеть тебя замужем.

Беатриче. Нет, пока Бог не создаст мужчину из какого-нибудь другого материала, чем земля! Не обидно ли для женщины, чтобы ею управлял комок земли? Отдавать отчет в своем поведении куску грубой глины! Нет, дядюшка, я этого не желаю. Все мужчины мне братья по Адаму, а за родственников выходить замуж я считаю грехом.

Леонато. Помни, дочка, что я тебе сказал: если принц будет просить твоего согласия, ты знаешь, что ему ответить.

Беатриче. Он погрешит против музыки, кузина, если посватается не в такт. Если принц будет слишком настойчив, ты скажи ему, что во всякой вещи надо соблюдать меру, и протанцуй ему свой ответ. Потому что — поверь мне, Геро, — сватовство, венчанье и раскаянье — это все равно что шотландская джига, менуэт и синкпес. Первое протекает горячо и бурно, как джига, и так же причудливо; венчанье — чинно и скромно, степенно и старомодно, как менуэт; ну, а потом приходит раскаянье и начинает разбитыми ногами спотыкаться в синкпесе все чаще и чаще, пока не свалится в могилу.

Леонато. Ты все видишь в дурном свете, племянница!

Беатриче. У меня хорошее зрение, дядюшка. Днем могу любую церковь разглядеть.

Леонато. Вот и маски, братец. Дадим им место.

Входят дон Педро, Клавдио, Бенедикт, Балтазар, дон Хуан, Борачио, Маргарита, Урсула и другие в масках.

Дон Педро. Не угодно ли вам пройтись с вашим поклонником, синьора?

Геро. Если вы будете идти медленно, смотреть нежно и ничего не говорить, я готова пройтись с вами, — особенно чтобы уйти в сторону.

Дон Педро. Вместе со мной?

Геро. Может быть, и так, если мне вздумается.

Дон Педро. А в каком случае вам это вздумается?

Геро. Если мне понравится ваше лицо. А то вдруг, упаси Боже, лютня окажется похожей на футляр!

Дон Педро. Моя маска — вроде крыши Филемоновой хижины: внутри — Юпитер.

Геро. Так отчего же на ней нет соломы?

Уходят в сторону.

Маргарита. Говорите тише, если говорите о любви.

Балтазар. Хотел бы я вам понравиться!

Маргарита. А я бы этого не хотела — ради вас самих, потому что у меня очень много недостатков.

Балтазар. Ну, например, хоть один.

Маргарита. Я молюсь вслух.

Балтазар. Тем более вы мне милы: кто будет вас слушать, может приговаривать: «Аминь».

Маргарита. Пошли мне Боже хорошего танцора!

Балтазар. Аминь.

Маргарита. И убери его с глаз моих, как только танец кончится! Ну что же, пономарь?

Балтазар. Ни слова больше: пономарь получил ответ.

Урсула. Я вас узнала: вы синьор Антонио.

Антонио. Даю слово, нет.

Урсула. Я вас узнала по тому, как у вас голова трясется.

Антонио. Сказать вам правду, я его передразниваю.

Урсула. Нет, так ловко это проделывать умеет только сам синьор Антонио. И рука у вас сухая и с той и с другой стороны, точь-в-точь как у него.

Антонио. Даю слово, нет.

Урсула. Полно, полно! Вы думаете, я не узнаю вас по вашему замечательному остроумию? Разве талант можно скрыть? Будет, не спорьте: вы — Антонио, вы — Антонио. Достоинства всегда обнаруживаются — и дело с концом!

Беатриче. Вы так и не скажете мне, кто это вам говорил?

Бенедикт. Простите, нет.

Беатриче. И не скажете мне, кто вы?

Бенедикт. Пока — нет.

Беатриче. Что я капризница и что все мое остроумие заимствовано из «Ста веселых рассказов» — это, наверно, сказал синьор Бенедикт.

Бенедикт. А кто это такой?

Беатриче. Я уверена, что вы его отлично знаете.

Бенедикт. Уверяю вас, нет.

Беатриче. Он ни разу не заставлял вас смеяться?

Бенедикт. Да кто же он такой, скажите, пожалуйста?

Беатриче. Принцев шут, совсем плоский шут. Единственный его талант — выдумывать самые невероятные сплетни. Нравится он одним только распутникам, да и те ценят в нем не остроумие, а подлость. Он одновременно забавляет людей и возмущает их, так что они и смеются и колотят его. Я уверена, он где-нибудь здесь плавает. Хотела бы я, чтобы он причалил ко мне.

Бенедикт. Когда я познакомлюсь с этим господином, я передам ему ваш отзыв о нем.

Беатриче. Сделайте милость! Он только разразится на мой счет двумя-тремя сравнениями; а если этого никто не заметит и не рассмеется, он погрузится в меланхолию — и тогда за ужином уцелеет какое-нибудь крылышко от куропатки, потому что в этот вечер шут не будет ужинать.

Музыка.

Нам нужно следовать за первой парой.

Бенедикт. Во всем хорошем, надеюсь?

Беатриче. Ну, если она поведет нас к дурному, я ее покину при первом же туре.

Танцы.

Уходят все, кроме дона Хуана, Борачио и Клавдио.

Дон Хуан. Положительно, мой брат влюблен в Геро. Он увел ее отца, чтобы просить ее руки. Дамы последовали за ней, и осталась только одна маска.

Борачио. Это Клавдио, я его узнаю по осанке.

Дон Хуан. Вы не синьор Бенедикт?

Клавдио. Вы угадали: он самый.

Дон Хуан. Синьор, вы очень близки с моим братом; он влюбился в Геро. Прошу вас, постарайтесь как-нибудь отвлечь его от нее. Она не ровня ему по рождению: вы сыграете благороднейшую роль в этом деле.

Клавдио. Откуда вы знаете, что он ее любит?

Дон Хуан. Я слышал, как он клялся ей в любви.

Борачио. Я тоже. Он клялся, что готов на ней жениться сегодня вечером.

Дон Хуан. Однако же пойдем ужинать.

Уходят дон Хуан и Борачио.

Клавдио

Вот так я отвечал за Бенедикта.
Но Клавдио дурную слышал весть.
Так, значит, принц хлопочет для себя!
Во всех делах бывает дружба верной,
За исключением любовных дел.
Любя, надейся лишь на свой язык
И доверяй любовь своим лишь взглядам.
Посредникам не верь: растает верность
В крови от чар колдуньи-красоты.

Случается все это ежечасно,
А я о том забыл. Прощай же, Геро!

Входит Бенедикт.

Бенедикт. Граф Клавдио?

Клавдио. Он самый.

Бенедикт. Ну что ж, идем?

Клавдио. Куда?

Бенедикт. Очевидно, до ближайшей ивы, по вашему же делу, граф. Как вы намерены носить свою гирлянду? На шее, как цепь богатого ростовщика? Или через плечо, как перевязь лейтенанта? Так или иначе, а вам ее надеть придется: принц подцепил вашу Геро.

Клавдио. На здоровье.

Бенедикт. Гм! Так говорят честные торговцы скотом, продав быка. Но скажите-ка, вы ожидали, что принц так удружит вам?

Клавдио. Прошу вас, оставьте меня.

Бенедикт. Ого! Это вроде как слепой дерется: мальчишка стянул мясо, а вы колотите по столбу.

Клавдио. Если вы не хотите, так я уйду. *(Уходит.)*

Бенедикт. Увы, бедная подстреленная птичка! Теперь пойдет и спрячется в камышах. Но как странно: синьора Беатриче и знает меня и не знает! Принцев шут! А может быть, я получил это прозвище потому, что всегда весел? Ну нет, тут я сам к себе несправедлив: репутация моя не такова. Это только злой и едкий язык Беатриче выдает ее мысли за общее мнение. Ну хорошо же, я сумею за себя отомстить.

Входит дон Педро.

Дон Педро. Послушайте, синьор, где граф? Вы его видали?

Бенедикт. По правде говоря, ваша светлость, я сыграл роль госпожи Молвы. Я его нашел здесь —

он был грустен, как заброшенная сторожка в лесу. Я сказал ему — и думаю, что сказал правду, — что вашей светлости удалось добиться благосклонности молодой особы, и вызвался проводить его до ближайшей ивы, чтобы сплести ему гирлянду в знак траура, как покинутому любовнику, или связать пук розог, потому что его стоит высечь.

Дон Педро. Высечь? Но в чем же он провинился?

Бенедикт. Сглупил, как школьник: на радостях, что нашел птичье гнездо, показал его товарищу — а тот его и украл.

Дон Педро. Доверчивость ты ставишь ему в вину? Виноват тот, кто украл.

Бенедикт. А все-таки не мешает и пучок розог связать и гирлянду сплести: гирлянда ему самому пригодится, а розги он мог бы предоставить вам, потому что, как я понимаю, вы-то его гнездо и украли.

Дон Педро. Я только научу пташек петь, а потом верну владельцу.

Бенедикт. Если они запоют в лад с вашими словами, то вы честный человек.

Дон Педро. Беатриче очень сердита на вас: кавалер, с которым она танцевала, сказал ей, что вы плохо о ней отзывались.

Бенедикт. О, да она сама обошлась со мной так, что бревно не выдержало бы! Дуб, будь на нем хоть один зеленый листочек, и тот не смолчал бы: сама моя маска начала, кажется, оживать и браниться с ней. Не догадавшись, что это я сам с ней, она заявила мне, что я «принцев шут», что я несноснее осенней распутицы, и пошло, и пошло: насмешка за насмешкой сыпались с такой неимоверной быстротой, что я себя чувствовал мишенью, в которую стреляет целая армия. Ее слова — кинжалы, каждое из них наносит рану. Будь ее дыхание так же ядовито, как ее речи, около нее не осталось бы ничего живого:

она бы отравила все и всех, вплоть до Полярной звезды. Я бы не женился на ней, даже если бы в приданое за ней дали все, чем владел Адам до грехопадения. Она бы самого Геркулеса засадила за вертел, а палицу заставила бы его расщепить на растопку. Бросим о ней говорить. Вы должны будете согласиться, что это сама адская богиня Ата в модном наряде. Молю Бога, чтобы какой-нибудь чародей заговорил нас от нее. Поистине, пока она на земле, в аду живется спокойно, как в святом убежище, и люди нарочно грешат, чтобы попасть туда. Где она, там смуты, ссоры и беспокойство.

Входят Клавдио, Беатриче, Геро и Леонато.

Дон Педро. А вот и она.

Бенедикт. Не угодно ли вашему высочеству дать мне какое-нибудь поручение на край света? Я готов за малейшим пустяком отправиться к антиподам, что бы вы ни придумали; хотите, принесу вам зубочистку с самой отдаленной окраины Азии, сбегаю за меркой с ноги пресвитера Иоанна, добуду волосок из бороды Великого Могола, поеду послом к пигмеям? Все мне будет приятнее, чем перекинуться тремя словами с этой гарпией. Есть у вас для меня какое-нибудь дело?

Дон Педро. Единственно, чего я хочу от вас, — это наслаждаться вашим приятным обществом.

Бенедикт. О Боже мой, нет — это кушанье мне не по вкусу: я терпеть не могу трещоток. *(Уходит.)*

Дон Педро. Да, да, синьора Беатриче, вы потеряли сердце синьора Бенедикта.

Беатриче. Это правда, ваше высочество: он мне его на время давал взаймы, а я ему за это платила проценты — и он получил обратно двойное сердце. Он его у меня когда-то выиграл мечеными костями, так что ваше высочество правы, говоря, что оно для меня потеряно.

Дон Педро. Вы его положили на обе лопатки, синьора, на обе лопатки.

Беатриче. Только бы не он меня, — чтобы мне не оказаться матерью дураков. Я привела к вам графа Клавдио, за которым вы меня посылали.

Дон Педро. Что это, граф? Отчего вы так печальны?

Клавдио. Я не печален.

Дон Педро. Так что же, больны?

Клавдио. И не болен, ваше высочество.

Беатриче. Граф ни печален, ни весел, ни болен, ни здоров. Он просто благопристоен, благопристоен, как апельсин, и такого же желтого цвета — цвета ревности.

Дон Педро. Я нахожу, сударыня, что ваше описание весьма правильно. Но клянусь — если это так, то воображение обмануло его. — Знай, Клавдио, я посватался от твоего имени, и прекрасная Геро согласна. Я переговорил с ее отцом — он тоже согласен. Назначен день свадьбы, и дай тебе Бог счастья.

Леонато. Граф, возьмите мою дочь и с ней все мое состояние. Его высочество устроил этот брак, и да скажет милость небесная: «Аминь».

Беатриче. Говорите, граф: сейчас ваша реплика.

Клавдио. Молчание — лучший глашатай радости. Если бы я мог высказать, как я счастлив, я не был бы счастлив. — Геро, вы — моя, как и я — ваш; я себя отдаю за вас и в восторге от этой мены.

Беатриче. Теперь говори ты, кузина, а если не можешь, то закрой ему рот поцелуем, — пусть и он больше не говорит.

Дон Педро. Поистине, синьора, у вас веселое сердце.

Беатриче. Да, ваше высочество, я ему очень благодарна, моему бедному глупенькому сердцу, что оно все принимает с лучшей стороны. Кузина говорит графу на ушко, что он завоевал ее сердце.

Клавдио. Совершенно верно, кузина.

Беатриче. Вот мы с вами и породнились! Так-то вот все на свете устраиваются, кроме только одной меня, бедной чернушки. Остается мне сесть в уголок и кричать: «Дайте мне мужа!»

Дон Педро. Синьора Беатриче, я вам доставлю мужа.

Беатриче. Лучше бы мне его доставил ваш батюшка. Нет ли у вашего высочества брата, похожего на вас? Ваш батюшка наготовил превосходных мужей, — лишь бы девушки им нашлись под пару.

Дон Педро. Хотите пойти за меня?

Беатриче. Нет, ваше высочество, разве только у меня будет еще муж для будничных дней. Ваше высочество слишком драгоценны, чтобы носить вас каждый день. Но простите меня, ваше высочество; такая уж я уродилась: болтаю одни пустяки и ничего серьезного.

Дон Педро. Я не простил бы вам только молчания: веселость очень вам к лицу. Без сомненья, вы родились в веселый час!

Беатриче. Нет, конечно, моя матушка ужасно кричала. Но в это время в небе плясала звезда, под ней-то я и родилась. — Кузина и кузен, дай вам Бог счастья!

Леонато. Племянница, ты позаботишься, о чем я тебя просил?

Беатриче. Извините, дядя. — Прошу прощения, ваше высочество. *(Уходит.)*

Дон Педро. Клянусь честью, превеселая девушка!

Леонато. Да, ваше высочество, элемента меланхолии в ней очень мало. Она бывает серьезна, только когда спит. Да и то не всегда: моя дочь рассказывает, что Беатриче нередко видит во сне какие-нибудь проказы, и тогда она просыпается со смехом.

Дон Педро. Она и слышать не хочет о замужестве.

Леонато. Никоим образом: насмешками всех женихов отваживает.

Дон Педро. Вот была бы превосходная жена для Бенедикта.

Леонато. О Господи! Ваше высочество, да они в неделю заговорили бы друг друга насмерть.

Дон Педро. Граф Клавдио, когда же свадьба?

Клавдио. Завтра, ваше высочество. Время тащится на костылях, пока любовь не исполнит всех своих обрядов.

Леонато. Нет, мой дорогой сын, не раньше понедельника, ровно через неделю. И то это слишком мало времени, чтобы все устроить, как мне хочется.

Дон Педро. Я вижу, ты покачиваешь головой, услышав о такой отсрочке. Но ручаюсь тебе, Клавдио, что время у нас пролетит незаметно. Пока что я попытаюсь совершить один из подвигов Геркулеса — возбудить безумную любовь между синьором Бенедиктом и синьорой Беатриче. Мне ужасно хочется устроить этот брак, и я не сомневаюсь в успехе предприятия, если только вы все трое будете мне помогать и действовать по моим указаниям.

Леонато. Ваше высочество, я весь к вашим услугам, если даже мне придется для этого не спать десять ночей подряд.

Клавдио. Я также, ваше высочество.

Дон Педро. И вы тоже, прелестная Геро?

Геро. Я готова исполнить любое скромное поручение, чтобы помочь кузине получить хорошего мужа.

Дон Педро. А Бенедикт — не самый безнадежный из всех, кого я знаю. Смело могу сказать в похвалу ему: он благородного происхождения, испытанной смелости и неоспоримой честности. Я научу вас, как подействовать на вашу кузину, чтобы она влюбилась в Бенедикта, а сам с вашей помощью так настрою Бенедикта, что, при всем своем остром уме и привередливом вкусе, он влюбится в Беатриче. Если мы этого добьемся, не зовите больше Купидона стрелком: он уступит нам свою славу, и мы станем единственными божествами любви. Идемте со мною, я вам расскажу мой план!

Уходят.

СЦЕНА ВТОРАЯ

Другая комната в доме Леонато.
Входят дон Хуан и Борачио.

Дон Хуан. Значит, это правда: граф Клавдио женится на дочери Леонато.

Борачио. Да, ваша светлость; но я могу этому помешать.

Дон Хуан. Каждая помеха, каждая преграда, каждое препятствие будет лекарством для меня. Я болен ненавистью к нему, и все, что противоречит его желаниям, совпадает с моими. Как ты можешь помешать этой свадьбе?

Борачио. Нечестным путем, ваша светлость, но так искусно, что нечестности этой никто не заметит.

Дон Хуан. Расскажи в двух словах — как.

Борачио. Кажется, я говорил вашей светлости — уже год тому назад, — что я пользуюсь милостями Маргариты, камеристки Геро?

Дон Хуан. Припоминаю.

Борачио. Я могу в неурочный час ночи попросить ее выглянуть из окна спальни ее госпожи.

Дон Хуан. Что же тут такого, что могло бы расстроить свадьбу?

Борачио. От вас зависит приготовить настоящий яд. Ступайте к принцу, вашему брату, и без обиняков скажите ему, что он позорит свою честь, способствуя браку славного Клавдио, к которому вы преисполнены величайшего уважения, с такой грязной распутницей, как Геро.

Дон Хуан. Какие же доказательства я представлю?

Борачио. Вполне достаточные для того, чтобы обмануть принца, вывести из себя Клавдио, погубить Геро и убить Леонато. Вам этого мало?

Дон Хуан. Чтобы только досадить им, я на все готов.

Борачио. Ступайте же. Улучите минуту, чтобы поговорить с доном Педро и с графом Клавдио наедине. Скажите им, что вы знаете о любовной связи Геро со мной. Притворитесь, что в вас говорит желание добра принцу и Клавдио, что вы открываете все это, дорожа честью вашего брата, который устраивает эту свадьбу, и репутацией его друга, которого хотят обмануть поддельной девственностью. Они едва ли без доказательств поверят этому. Представьте им улики, самые убедительные: они увидят меня под окном спальни Геро и услышат, как я буду называть Маргариту «Геро», а Маргарита меня — «Борачио». Покажите им это как раз в ночь накануне свадьбы. Я подстрою тем временем так, что Геро не будет в комнате, и неверность ее будет представлена так правдоподобно, что ревность станет уверенностью и все приготовления к свадьбе рухнут.

Дон Хуан. К какому бы роковому исходу это дело ни привело, я берусь за него! Устрой это половчее, и награда тебе будет — тысяча дукатов.

Борачио. Будьте только настойчивы в обвинениях, а уж моя хитрость не посрамит себя.

Дон Хуан. Пойду узнаю, на какой день назначена свадьба.

Уходят.

СЦЕНА ТРЕТЬЯ

Сад Леонато.
Входит Бенедикт.

Бенедикт. Мальчик!

Входит мальчик.

Мальчик. Синьор?
Бенедикт. В моей комнате на окне лежит книга: принеси мне ее сюда, в сад.
Мальчик. Слушаю, синьор. Я здесь.
Бенедикт. Знаю, что здесь. Но я хотел бы, чтоб ты исчез, а потом появился здесь снова.

Уходит мальчик.

Удивляюсь я: как это человек, видя, какими глупцами становятся другие от любви, издевается над этим пустым безумием — и вдруг сам становится предметом насмешки, влюбившись. Таков Клавдио. Помню я время, когда он не признавал другой музыки, кроме труб и барабанов, а теперь он охотнее слушает тамбурин и флейту. Помню, как он, бывало, готов десять миль пешком отмахать, чтобы взглянуть на хорошие доспехи, а сейчас он может не спать десять ночей подряд, обдумывая фасон нового колета. Говорил он, бывало, просто и дельно, как честный человек и солдат, — а теперь превратился в какого-то краснобая, его речи — это фантастическая трапеза с самыми невиданными блюдами. Неужели и я могу так измениться, пока еще смотрят на мир мои глаза? Не знаю. Не думаю. Клятвы не дам, что любовь не превратит меня в устрицу. Но в одном клянусь смело: пока я еще не стал устрицей, подобным глупцом любовь меня не сделает. Одна женщина прекрасна, — но я уцелел. Другая умна, — но я уцелел. Третья добродетельна, — но я уцелел. Пока я не встречу женщины, привлекательной во всех отношениях зараз, — ни одна не привлечет меня. Она должна быть богата — это обязательное условие; умна — или мне ее не надо; добродетельна — или я за нее не дам ни гроша; красива — иначе я и не взгляну на нее; кротка — иначе пусть и близко ко мне не подходит; знатна — иначе ни за какие деньги ее не возьму; она должна приятно разговаривать, быть хорошей музыкантшей, а волосы пусть будут такого цвета, как Богу угодно. Вот и принц с мосье Купидоном! Спрячусь в беседке. *(Прячется.)*

Входят дон Педро, Клавдио и Леонато.

Дон Педро

Ну что ж, мы можем музыку послушать?

Клавдио

Да, добрый принц. Как вечер тих! Он будто
Примолкнул, чтоб гармонии внимать.

Дон Педро

Ты видел, где укрылся Бенедикт?

Клавдио

Отлично видел. Музыку прослушав,
Поймаем мы лисенка в западню.

Входит Балтазар с музыкантами.

Дон Педро

Ну, Балтазар, пропой еще раз песню.

Балтазар

Не заставляйте, ваша светлость, вновь
Позорить музыку столь скверным пеньем.

Дон Педро

Вернейшая порука мастерства —
Не признавать свои же совершенства.
Пой! Что ж, тебя молить мне, как невесту?

Балтазар

Когда на то пошло, я вам спою:
Ведь часто о любви невесту молят,
Невысоко ценя ее и все же
Клянясь в любви.

Дон Педро

     Ну полно, начинай!
А хочешь дальше спорить, — спорь, но только
По нотам.

Балтазар

    Раньше сообщу вам ноту:
Нет в нотах у меня достойных нот.

Дон Педро

Он говорит как будто бы по нотам.
Нет в нотах нот, — довольно же нотаций!

     Музыка.

Бенедикт *(в сторону)*. Теперь последует божественная песня! И душа его воспарит! Не странно ли, что овечьи кишки способны так вытягивать из человека душу? Нет, что до меня, так я бы за свои деньги лучше послушал роговую музыку.

Балтазар *(поет)*

К чему вздыхать, красотки, вам?
Мужчины — род неверный:
Он телом — здесь, душою — там,
Все ветрены безмерно.
К чему ж вздыхать?
Их надо гнать,
Жить в радости сердечной
И вздохи скорби превращать —
Гей-го! — в припев беспечный.
Не пойте ж нам, не пойте вы
Напевов злой кручины:
Спокон веков уж таковы
Коварные мужчины.
К чему ж вздыхать?
Их надо гнать.
Жить в радости сердечной
И вздохи скорби превращать —
Гей-го! — в припев беспечный.

Дон Педро. Честное слово, хорошая песня.

Балтазар. Но плохой певец, ваше высочество.

Дон Педро. Нет, нет: ты поешь совсем недурно, на худой конец.

Бенедикт (*в сторону*). Если бы пес так выл, его бы повесили. Молю Бога, чтобы его голос не напророчил нам беды. По-моему, лучше ночного ворона слушать, какое бы несчастье он ни сулил.

Дон Педро. Да, конечно. — Послушай, Балтазар, раздобудь нам, пожалуйста, самых лучших музыкантов: мы хотим завтра ночью устроить серенаду под окнами синьоры Геро.

Балтазар. Постараюсь, ваше высочество.

Дон Педро. Так сделай это. Прощай.

Уходят Балтазар и музыканты.

Послушайте, Леонато, что это вы говорили сегодня? Будто ваша племянница Беатриче влюбилась в Бенедикта?

Клавдио. Да, да! (*Тихо, к дону Педро.*) Подкрадывайтесь, подкрадывайтесь: дичь уже села. (*Громко, к Леонато.*) Вот уж не подумал бы никогда, что эта особа может в кого-нибудь влюбиться.

Леонато. Я тоже. А всего удивительнее, что она с ума сходит по Бенедикту, которого, судя по ее поведению, она всегда ненавидела.

Бенедикт (*в сторону*). Возможно ли? Так вот откуда ветер дует!

Леонато. По чести, ваше высочество, не знаю, что об этом и подумать. Но она безумно любит его: это превосходит всякое воображение.

Дон Педро. Может быть, она только притворяется?

Клавдио. Похоже на то.

Леонато. Бог мой! Притворяется! Да никогда притворная страсть так не походила на истинную, как у нее!

Дон Педро. Но в чем же эта страсть выражается?

Клавдио *(тихо)*. Насаживайте приманку на крючок: рыба сейчас клюнет.

Леонато. В чем выражается? Она сидит и... да вы слышали, как моя дочь рассказывала.

Клавдио. Да, правда.

Дон Педро. Что? Что? Прошу вас! Вы изумляете меня: я всегда считал ее сердце неуязвимым для стрел любви.

Леонато. Я тоже готов был поклясться в этом. Особенно по отношению к Бенедикту.

Бенедикт *(в сторону)*. Я бы счел это за обман, если бы этого не говорил седобородый человек. Плутовство не может скрываться под такой почтенной внешностью.

Клавдио *(тихо)*. Яд подействовал: подлейте еще.

Дон Педро. Что же, она открыла свои чувства Бенедикту?

Леонато. Нет. И клянется, что никогда этого не сделает; это-то ее и мучает.

Клавдио. Совершенно верно. Ваша дочь передавала, что она говорит: «Как же я, которая всегда относилась к нему с таким пренебрежением, и вдруг напишу ему, что люблю его?»

Леонато. Так она говорит, а сама принимается писать ему. По ночам вскакивает раз двадцать и сидит в ночной рубашке, пока не испишет целого листа кругом. Так дочь рассказывает.

Клавдио. Кстати, о листе бумаги: я вспомнил одну забавную подробность, о которой рассказывала ваша дочь.

Леонато. Да, да! Когда она написала письмо и стала перечитывать, она вдруг заметила, что если письмо сложить, то имена «Бенедикт» и «Беатриче» ложатся вместе.

Клавдио. Вот, вот.

Леонато. Тогда она разорвала письмо в мелкие клочки и стала корить себя за нескромность — писать к тому, кто, как она знает, только посмеется над ней. «Я сужу по себе, — говорит она, — ведь если бы он вздумал написать мне, я бы подняла его на смех. Да, да, хоть и люблю его, а на смех бы подняла».

Клавдио. А потом падает на колени, стонет, рыдает, бьет себя в грудь, рвет на себе волосы, молится, проклинает: «О мой милый Бенедикт! Боже, пошли мне сил!»

Леонато. Действительно, она все это проделывает: так говорит моя дочь. Страсть ею так владеет, что моя дочь боится, как бы она с отчаяния не сделала чего-нибудь над собой. Истинная правда!

Дон Педро. Хорошо, чтобы Бенедикт узнал об этом от кого-нибудь другого, раз уж она сама не хочет открыться ему.

Клавдио. К чему? Он только бы высмеял это и измучил бедную девушку еще больше.

Дон Педро. Если бы он так поступил, так его повесить мало! Она прелестная, милая девушка и, уж вне всяких сомнений, добродетельная.

Клавдио. И необычайно умна при этом.

Дон Педро. Умна во всем, если не считать того, что влюбилась в Бенедикта.

Леонато. Ах, ваше высочество, когда рассудок и страсть борются в таком хрупком теле, можно поставить десять против одного, что победит страсть. Мне жаль ее, и я имею для этого достаточное основание, будучи ее дядей и опекуном.

Дон Педро. Хотел бы я, чтобы она избрала меня предметом своего увлечения: я отбросил бы все другие соображения и сделал бы ее своей дражайшей половиной. Прошу вас, расскажите все это Бенедикту: посмотрим, что он скажет.

Леонато. Вы думаете, это будет хорошо?

Клавдио. Геро уверена, что Беатриче умрет. Она сама говорит, что умрет, если он ее не полюбит, а что она скорей умрет, чем признается ему в любви. А если он посватается к ней, то она скорей умрет, чем отступится от своей обычной насмешливости.

Дон Педро. Она права. Если она признается ему в своей любви, очень возможно, что он станет над ней издеваться. Ведь вы знаете, какой он заносчивый человек.

Клавдио. Но красавец-мужчина!

Дон Педро. Это правда, внешность у него счастливая.

Клавдио. Ей-богу, по-моему, он очень умен.

Дон Педро. Да, у него бывают проблески остроумия.

Леонато. Я считаю его очень храбрым человеком.

Дон Педро. Настоящий Гектор, уверяю вас. А в делах чести необычайно мудр: он либо старается избежать поединка, либо, если уж решается на него, так с истинно христианским страхом.

Леонато. Если в нем есть страх Божий, так он и должен соблюдать мир, а уж если нарушать его, так со страхом и трепетом.

Дон Педро. Так он и поступает: он человек богобоязненный, хоть этому и трудно поверить, судя по его слишком вольным иногда шуткам. Но мне жаль вашу племянницу. Хотите, разыщем его и расскажем о ее любви?

Клавдио. Нет, не говорите ему ничего: может быть, ее сердце само справится с этой страстью.

Леонато. Невозможно: скорее оно перестанет биться.

Дон Педро. Ну, хорошо. Мы узнаем о дальнейшем от вашей дочери. А тем временем пусть все это немного поостынет. Я очень люблю Бенедикта, но хотел бы, чтобы он взглянул на себя беспристрастно и понял, насколько он недостоин такой прекрасной жены.

Леонато. Не угодно ли пожаловать, ваше высочество? Обед готов.

Клавдио *(тихо)*. Если после этого он в нее не влюбится, я перестану верить чему бы то ни было.

Дон Педро *(тихо)*. Теперь надо расставить такие же сети и для нее. Этим пусть займутся ваша дочь и ее камеристки. Вот-то будет потеха, когда каждый из них вообразит, что другой его обожает, а на самом деле — ничего подобного. Хотел бы я видеть эту сцену: славная получится пантомима! Пошлем ее звать его к обеду!

Уходят дон Педро, Клавдио и Леонато.

Бенедикт *(выходит из беседки)*. Нет, это не может быть подстроено: разговор шел в самом серьезном тоне. Они узнали всю правду от Геро. По-видимому, они жалеют Беатриче. Кажется, страсть ее дошла до предела. Влюбилась в меня! За это надо вознаградить ее. Слышал я, как они обо мне судят: думают, что я зазнаюсь, если замечу ее любовь; по их словам, она скорей умрет, чем выдаст чем-нибудь свое чувство. Я никогда не собирался жениться, но не надо казаться гордым. Счастлив тот, кто, услышав о своих недостатках, может исправиться. Они говорят, что она красавица. Это правда, могу сам засвидетельствовать; и добродетельна — и это так: ничего не могу возразить; и умна, если не считать того, что влюбилась в меня, — по чести, это не очень-то говорит в пользу ее ума, но и не доказывает ее глупости, потому что я готов в нее по уши влюбиться. Конечно, тут не обойдется без разных сарказмов и затасканных острот по поводу того, что я так долго издевался над браком. Но разве вкусы не меняются? В юности человек любит какое-нибудь кушанье, а в старости его в рот не берет. Неужели колкости и шуточки, эти бумажные стрелы, которыми перебрасываются умы, должны помешать человеку идти своим путем? Нет, мир должен быть населен! Когда я говорил, что умру холостяком, я думал, что не доживу до свадьбы! Вот идет Беатриче. Клянусь дневным светом, она прехорошенькая девушка. Я замечаю в ней некоторые признаки влюбленности.

Входит Беатриче.

Беатриче. Меня, против моей воли, прислали просить вас идти обедать.

Бенедикт. Прекрасная Беатриче, благодарю вас за труд.

Беатриче. Мне стоило не больше труда заслужить вашу благодарность, чем вам поблагодарить меня. Если бы это было трудно, я бы не пришла.

Бенедикт. Значит, это поручение доставило вам удовольствие?

Беатриче. На грош. У вас нет аппетита, синьор? Тогда прощайте. *(Уходит.)*

Бенедикт. Эге! «Меня, против моей воли, прислали просить вас идти обедать» — в этом заключается двойной смысл. «Мне стоило не больше труда заслужить вашу благодарность, чем вам поблагодарить меня!» — это то же, что сказать: «Всякий труд для вас мне так же легок, как вам — благодарность». Если я не сжалюсь над ней, я буду негодяем! Будь я турок, если не полюблю ее! Постараюсь достать ее портрет. *(Уходит.)*

АКТ III

СЦЕНА ПЕРВАЯ

Сад Леонато.
Входят Геро, Маргарита и Урсула.

Геро

Ступай скорее, Маргарита, в зал.
Там ты найдешь кузину Беатриче
Беседующей с Клавдио и с принцем;
Шепни ей на ушко, что мы с Урсулой
В саду гуляем и о ней толкуем;
Скажи ей, что подслушала ты нас,
И предложи ей спрятаться в беседке,
Где жимолость так разрослась на солнце,
Что солнечным лучам закрыла вход:
Так фаворит, монархом вознесенный,
Порою гордо восстает на власть,
Что гордость эту в нем и породила.
Здесь спрячется она, чтоб нас подслушать.
Сыграй получше роль твою. Ступай.

Маргарита

Ручаюсь вам, она придет, и скоро.
(Уходит.)

Геро

Как только Беатриче подойдет —
Давай, Урсула, лишь о Бенедикте,
Гуляя по аллее, говорить.
Лишь назову его — ты начинай

Хвалить его превыше всякой меры.
Я ж буду говорить, что Бенедикт
Любовью к Беатриче прямо болен.
Ведь Купидон отлично может ранить
Своей стрелой и через слух.

В глубине сцены показывается Беатриче.

Начнем!
Смотри! Как пеночка, к земле приникнув,
Скользит она в траве, чтоб нас подслушать.

Урсула

Удильщику всего приятней видеть,
Как рыбка золотыми плавниками
Вод рассекает серебро, чтоб жадно
Коварную приманку проглотить.
Так мы сейчас поймаем Беатриче,
Что в жимолости притаилась там.
Не бойтесь, диалога не испорчу.

Геро

Пойдем поближе, чтоб не проронила
Она ни крошки из приманки сладкой.

Подходят к беседке.

Нет, право, слишком уж она спесива.
Душа ее пуглива и дика,
Как горный сокол!

Урсула

Но скажите, правда ль,
Что Бенедикт влюблен в нее так страстно?

Геро

Так говорят и принц и мой жених.

Урсула

И поручили вам сказать ей это?

Геро

Просили, да. Но я их убедила —
Пусть, если только любят Бенедикта,
Внушат ему, чтоб поборол он чувство
И никогда любви ей не открыл.

Урсула

    Но почему? Ужель он не достоин
    Счастливого супружеского ложа,
    Какое заслужила Беатриче?

Геро

    Клянусь Амуром, он всего достоин,
    Чего мужчина может пожелать.
    Но женщины с таким надменным сердцем
    Природа до сих пор не создавала;
    Глаза ее насмешкою блестят,
    На все с презреньем глядя; ум свой ценит
    Она так высоко, что все другое
    Ни в грош не ставит. Где уж там любить!
    Она любви не может и представить —
    Так влюблена в себя.

Урсула

                  Да, это верно.
    Уж лучше о любви его совсем
    Не говорить ей, чтоб не засмеяла.

Геро

    Да, ты права. Как ни был бы мужчина
    Умен, красив собою, молод, знатен, —
    Навыворот она его представит.
    Будь миловиден — «годен в сестры ей»;
    А смугл — так «кляксу сделала природа,
    Шутя рисуя»; коль высок — так «пика
    С тупой верхушкой»; мал — «плохой брелок»;
    Красноречив — «игрушка ветра, флюгер»;
    А молчалив — так «неподвижный пень».
    Так вывернет любого наизнанку
    И никогда не будет справедливой
    К заслугам доблести и прямоты.

Урсула

    Разборчивость такая непохвальна.

Геро

    И быть такою странной, своенравной,
    Как Беатриче, — вовсе не похвально.
    Но кто посмеет это ей сказать?

Осмелься я — да ведь она меня
Насмешкой уничтожит, вгонит в гроб!
Пусть лучше, как притушенный огонь,
Наш Бенедикт зачахнет от любви:
Такая легче смерть, чем от насмешки.
Ужасно от щекотки умереть.

Урсула

Но все ж сказать бы; что она ответит?

Геро

Нет, лучше к Бенедикту я пойду
И дам совет ему — бороться с страстью,
Да что-нибудь дурное, с доброй целью,
Про Беатриче сочиню. Кто знает,
Как можно словом отравить любовь?

Урсула

Ах нет, не обижайте так сестру.
Она не может быть так безрассудна,
Чтоб, при живом ее уме, который
Так ценят в ней, отвергнуть жениха
Столь редкого, синьора Бенедикта.

Геро

В Италии такого больше нет,
За исключеньем Клавдио, конечно.

Урсула

Прошу вас не прогневаться, но я
Скажу вам так: синьора Бенедикта
По храбрости, уму и красоте
Во всей Италии считают первым.

Геро

Да, слава превосходная о нем.

Урсула

А славу заслужил он превосходством.
Когда же ваша свадьба?

Геро

Хотела бы, чтоб завтра. Ну, пойдем;
Посмотрим платья; ты мне дашь совет —
В какое лучше завтра нарядиться.

Урсула *(тихо)*
   Попалась, поймана, ручаюсь вам!
Геро *(тихо)*
   Коль так, в любви случайно все на свете:
   Есть у Амура стрелы, есть и сети.

   Уходят Геро и Урсула.
   Беатриче выходит из беседки.

Беатриче
   Ах, как пылают уши! За гордыню
   Ужель меня все осуждают так?
   Прощай, презренье! И прости отныне,
   Девичья гордость! Это все пустяк.
   Любовью за любовь вознагражу я,
   И станет сердце дикое ручным.
   Ты любишь, Бенедикт, — так предложу я
   Любовь союзом увенчать святым.
   Что ты достоин, все твердят согласно,
   А мне и без свидетельств это ясно.
            (Уходит.)

СЦЕНА ВТОРАЯ

Комната в доме Леонато.
Входят дон Педро, Клавдио, Бенедикт
и Леонато.

Дон Педро. Я дождусь только, пока вы отпразднуете свадьбу, а затем отправлюсь в Арагон.

Клавдио. Я провожу вас туда, ваше высочество, если вы разрешите мне.

Дон Педро. Нет, это слишком омрачило бы новый блеск вашего счастья. Это все равно что показать ребенку новое платье и запретить его надевать. Я только позволю себе попросить Бенедикта быть моим спутником: он с головы до пят — воплощенное веселье. Два-три раза он перерезал тетиву у Купидона, и этот маленький мучитель не отваживается больше стрелять в него. Сердце у него крепкое, как колокол, и язык хорошо привешен, так что у него всегда что на сердце, то и на языке.

Бенедикт. Господа, я уже не тот, что прежде.

Леонато. Вот и я то же говорю: по-моему, вы стали серьезнее.

Клавдио. Хочу надеяться, что он влюблен.

Дон Педро. Черт побери этого гуляку! Да в нем нет ни капли настоящей крови, чтобы почувствовать настоящую любовь. Если он загрустил, значит, у него нет денег.

Бенедикт. У меня зуб болит.

Дон Педро. Вырвать его!

Бенедикт. К черту его!

Клавдио. Сперва послать к черту, а потом вырвать.

Дон Педро. Как! Вздыхать от зубной боли?

Леонато. Из-за какого-нибудь флюса или нарыва?

Бенедикт. Другому легко советы давать, а вот сами бы попробовали.

Клавдио. А я все-таки говорю: он влюблен.

Дон Педро. В нем нет ни малейшего признака любви, если не считать его любви к странным переодеваниям: сегодня он одет голландцем, завтра французом, а то и вместе соединяет две страны: от талии книзу у него Германия — широчайшие штаны, а от талии кверху — Испания: не видно камзола. Если только он не влюблен в эти глупости, как мне кажется, то во всяком случае не поглупел от влюбленности, как вам кажется.

Клавдио. Если он не влюблен в какую-нибудь женщину, так ни одной старой примете нельзя верить. Он каждое утро чистит свою шляпу — к чему бы это?

Дон Педро. Видел его кто-нибудь у цирюльника?

Клавдио. Нет, но цирюльника у него видели, и то, что было украшением его щек, пошло на набивку теннисных мячей.

Леонато. Правда, он выглядит гораздо моложе, сбрив бороду.

Дон Педро. Да, и он натирается мускусом: а вы знаете, чем это пахнет?

Клавдио. Яснее ясного: прелестный юноша влюблен.

Дон Педро. Главное доказательство этому — его меланхолия.

Клавдио. А бывало ли когда-нибудь, чтобы он так мыл свою физиономию?

Дон Педро. Да, или подкрашивался? Об этом уже поговаривают.

Клавдио. А вся его веселость переселилась в струну лютни и управляется струнными ладами.

Дон Педро. Печальный случай. Это выдает его. Ясно, ясно: он влюблен.

Клавдио. А я знаю, кто в него влюблен.

Дон Педро. Хотел бы и я это знать. Ручаюсь, что кто-нибудь, кто не знает его.

Клавдио. Напротив, она знает все его недостатки и тем не менее умирает от любви к нему.

Дон Педро. Придется ее похоронить лицом кверху.

Бенедикт. Все это зубной боли не заговорит! — Почтенный синьор Леонато, пройдемтесь немного: у меня есть для вас десяток умных слов, которых эти пустомели не должны слышать.

Уходят Бенедикт и Леонато.

Дон Педро. Клянусь жизнью, он будет свататься к Беатриче.

Клавдио. Без сомнения, Геро и Маргарита уже разыграли свою комедию с Беатриче, и теперь, когда эти два медведя встретятся, они уже не погрызутся.

Входит дон Хуан.

Дон Хуан. Мой повелитель и брат, храни вас Бог.

Дон Педро. Добрый день, братец.

Дон Хуан. Если у вас есть минута досуга, я бы хотел поговорить с вами.

Дон Педро. Наедине?

Дон Хуан. Если позволите. Впрочем, граф Клавдио может слушать, так как то, что я имею сообщить, касается его.

Дон Педро. В чем дело?

Дон Хуан (*к Клавдио*). Ваша милость собирается венчаться завтра?

Дон Педро. Вы же знаете это.

Дон Хуан. Я не уверен в этом, если он узнает то, что известно мне.

Клавдио. Если есть какое-нибудь препятствие, прошу вас, откройте его.

Дон Хуан. Вы вправе думать, что я не люблю вас. Дайте срок — время покажет; и будьте лучшего мнения обо мне после того, что я вам сейчас сообщу. Что касается моего брата, он, видимо, очень расположен к вам и от чистого сердца помог вам устроить этот брак. Поистине это плохая услуга и напрасный труд.

Дон Педро. Что такое? В чем дело?

Дон Хуан. Я затем и пришел, чтобы все рассказать вам. Оставляя в стороне разные подробности, — ибо уже и без того мы слишком долго о ней толкуем, — девушка неверна.

Клавдио. Кто? Геро?

Дон Хуан. Вот именно, она: Леонатова Геро, ваша Геро, чья угодно Геро!

Клавдио. Неверна?

Дон Хуан. Это слово слишком мягко, чтобы выразить ее безнравственность. Я бы сказал, она хуже, чем неверна. Придумайте худшее выражение, и я применю его к ней. Не удивляйтесь, пока не получите доказательства. Пойдемте сегодня ночью со мной. Вы увидите, как лазают в окна ее спальни даже накануне ее свадьбы. Если и тогда любовь ваша устоит, венчайтесь завтра: но для вашей чести было бы лучше изменить ваши намерения.

Клавдио. Может ли это быть?

Дон Педро. Не хочу и думать об этом.

Дон Хуан. Если вы не захотите верить своим глазам, отрицайте очевидность. Последуйте за мной — я покажу вам достаточно. А когда вы все увидите и услышите, поступите соответственно.

Клавдио. Если я увижу этой ночью что-нибудь такое, что помешает мне жениться на ней, я завтра в той самой церкви, где хотел венчаться, при всех осрамлю ее.

Дон Педро. А так как я был твоим сватом, я присоединюсь к тебе, чтобы опозорить ее.

Дон Хуан. Не стану больше порочить ее, пока вы сами не увидите все. Потерпите до полуночи — дальнейшее само за себя скажет.

Дон Педро. О, какой неожиданный поворот судьбы!

Клавдио. О, неслыханное несчастье!

Дон Хуан. О, счастливо предотвращенный позор! — скажете вы, увидав развязку.

Уходят.

СЦЕНА ТРЕТЬЯ

Улица.
Входят Кизил, Булава и сторожа.

Кизил. Вы люди честные и верные?

Булава. Еще бы! А то не стоили бы они того, чтобы претерпеть спасение души и тела.

Кизил. Нет, мало было бы с них такого **наказания**, будь у них хоть капля верноподданничества, — раз они выбраны в охрану самого принца.

Булава. Ладно, дай им теперь наказ, сосед Кизил.

Кизил. Во-первых, кто, по-вашему, всех непригоднее быть полицейским?

1-й сторож. Хью Овсянка или Франсис Уголек, потому они оба читать и писать умеют.

Кизил. Подойди поближе, сосед Уголек. Бог тебе послал добрую славу; потому что красота — это дар судьбы, а грамотность — ну, это уж от природы.

2-й сторож. И то и другое, господин пристав...

Кизил. Тебе дано? Я так и знал, что ты это ответишь. Ну, так вот, за свою красоту воздай Богу благодарение, да не хвались ею; а что до грамотности, то применяй ее там, где в этой чепухе нет надобности. Ты, говорят, самый непригодный на полицейскую должность — так бери фонарь. Вот тебе наказ: хватай всех праздношатающихся и останавливай всех именем принца.

2-й сторож. А если кто не захочет остановиться?

Кизил. Не обращай на него внимания; пусть себе уходит. А затем созови всех остальных сторожей, и возблагодарите Господа, что избавились от мошенника.

Булава. Если он не остановился по твоему приказанию, значит, он не из подданных принца.

Кизил. Правильно, потому что страже можно вмешиваться только в дела принцевых подданных. Затем, вы не должны производить на улицах шума. Разговаривать да болтать для ночных сторожей — дело самое дозволительное и никак не допустимое.

2-й сторож. Зачем разговаривать? Мы лучше всхрапнем. Мы знаем, что сторожам полагается.

Кизил. Да, ты рассуждаешь как сторож бывалый и надежный И я так думаю: кто спит, тот не грешит. Смотрите только, чтобы у вас алебарды не стащили. Ну, затем надо вам в пивные заходить, и кого там найдете пьяных — гнать их домой спать.

2-й сторож. А если кто не захочет домой?

Кизил. Так оставьте его в покое, пока не протрезвится. А если он и на это не согласится, скажите, что он не тот, за кого вы его приняли.

2-й сторож. Слушаю, господин пристав.

Кизил. Если встретите вора, то в силу вашего звания можете его заподозрить, что он человек непорядочный. А чем меньше с такими людьми связываться, тем лучше для вашего достоинства.

2-й сторож. А если мы наверняка знаем, что он вор, надо нам его хватать?

Кизил. По правде сказать, в силу вашего звания можете его схватить. Но я так полагаю: тронь деготь — замараешься. Самый для вас спокойный выход, если захватите вора, — дайте ему возможность самому показать, что он за птица, и улизнуть из вашей компании.

Булава. Тебя, братец, недаром зовут милосердным человеком, соседушка.

Кизил. Верно, я по своей воле и собаки не повесил бы, а тем более человека, в котором есть хоть капля честности.

Булава. Если услышите ночью, что где-нибудь младенец плачет, позовите мамку, чтобы успокоила его.

2-й сторож. А если мамка спит и не слышит?

Кизил. Тогда проходите с миром; пусть уж ребенок сам криком ее разбудит. Если овца не слышит, как ее ягненок блеет, тем более на мычанье теленка не отзовется.

Булава. Что верно, то верно.

Кизил. Вот и вся недолга. Ты — пристав, стало быть, представляешь особу самого принца. Если принца ночью встретишь, ты и его можешь задержать.

Булава. Нет, ей-богу, этого он, мне думается, не может.

Кизил. Ставлю пять монет против одной! Всякий, кто знает судебные усыновления, скажет тебе: можешь, но только с согласия его высочества. Потому что стража никого не должна оскорблять, а насильно задержать человека — это уж оскорбление.

Булава. Ей-богу, верно!

Кизил. Ха-ха-ха! Ну, ребята, доброй ночи. Если что особенно важное случится, зовите меня. Слушайтесь вашего собственного разума и советов товарищей. Спокойной ночи. Идем, соседушка.

2-й сторож. Ладно, господа хорошие, мы свое дело знаем: посидим вот тут у церкви на лавочке часов до двух, а потом на боковую.

Кизил. Еще одно слово, соседушки: приглядывайте-ка за домом синьора Леонато. Там завтра свадьба, так всю ночь будет суматоха. Прощайте. А главное — будьте бдительны. Честью прошу.

*Уходят Кизил и Булава.
Входят Борачио и Конрад.*

Борачио. Ну, Конрад!

2-й сторож *(тихо)*. Тихо! Не шевелись!

Борачио. Конрад! Да где же ты?

Конрад. Здесь я, брат, у самого твоего локтя.

Борачио. Клянусь обедней, что-то у меня локоть чешется. Я думал, что у меня парша завелась.

Конрад. Я тебе это еще припомню! А теперь досказывай свою историю.

Борачио. Станем сюда под навес, а то дождь накрапывает. Я расскажу тебе все без утайки, как истый пьяница.

1-й сторож *(тихо)*. Тут дело нечисто, ребята. Стойте смирно!

Борачио. Так знай: я заработал у дона Хуана тысячу дукатов.

Конрад. Неужели за подлость так дорого платят?

Борачио. Ты лучше спроси: неужели подлость может быть так богата? Ведь когда богатый подлец нуждается в бедном, так бедный может заломить какую угодно цену.

Конрад. Удивляюсь.

Борачио. Что доказывает твою неопытность! Не все ли равно, какого фасона на человеке камзол, или шляпа, или плащ?

Конрад. Ну да, все равно — одежда.

Борачио. Я про фасон говорю.

Конрад. Ну да: фасон фасоном.

Борачио. Фу! Я мог бы сказать: а дурак дураком. Разве ты не знаешь, какой ловкач этот фасон? Как хочет, так людей и уродует и обворовывает.

1-й сторож *(в сторону).* Знаю я, про кого они говорят: этот фасон уж лет семь как воровством занимается. А разгуливает как настоящий кавалер! Я его имя запомнил.

Борачио. Ты ничего не слышал?

Конрад. Нет, это флюгер на крыше скрипит.

Борачио. Так вот, разве ты не знаешь, какой ловкий вор этот фасон? Как он всем людям от четырнадцати до тридцати пяти лет головы кружит? Фасон рядит их то как фараоновых солдат на закопченных картинах, то как ваалоных жрецов на старых церковных окнах, то как бритых геркулесов на засаленных, проеденных молью стенных коврах, где нарисованы они так, что гульфик и палица у них одинаковой величины.

Конрад. Все это я знаю. Знаю и то, что фасон скорее изнашивает платья, чем человек. Но у тебя самого, видно, от фасонов голова закружилась, что ты перескочил со своей истории на разглагольствования о фасонах!

Борачио. Ничуть не бывало. Знай же, что этой ночью я любезничал с Маргаритой — камеристкой синьоры Геро, причем называл ее «Геро»; а она высунулась ко мне из окна в спальной своей госпожи и тысячу раз желала мне доброй ночи. Я плохо рассказываю свою историю: мне надо было сначала сказать тебе, что принц, Клавдио и мой хозяин издали, из сада, подсматривали наше нежное свидание. А свел, и привел, и подвел их мой хозяин — дон Хуан.

Конрад. И они приняли Маргариту за Геро?

Борачио. Двое из них — принц и Клавдио. Но этот дьявол — мой господин — отлично знал, что это была Маргарита. И вот, отчасти вследствие его заверений, которыми он сначала опутал их, отчасти из-за ночной темноты, которая ввела их в заблуждение, а главное — из-за моей подлости, подтвердившей клевету дона Хуана, — Клавдио пришел в ярость и убежал, поклявшись, что завтра в церкви вместо свадьбы осрамит Геро при всем честном народе, расскажет все, что видел ночью, и отошлет ее домой невенчанною.

1-й сторож *(выступая вперед).* Именем принца, стой!

2-й сторож. Позовите сюда пристава. Мы тут открыли такое беспутное распутство, какого еще не бывало в нашем государстве.

1-й сторож. И некто Фасон с ними заодно: я его знаю, у него еще локон на лбу.

Конрад. Братцы, братцы!..

2-й сторож. Ладно, вы нам этого Фасона предоставите: ручаюсь вам.

Конрад. Братцы...

1-й сторож. Нечего разговаривать. Мы вас арестуем. Извольте повиноваться и следовать за нами.

Борачио. В приятную историю мы попали, нечего сказать; напоролись прямо на алебарды.

Конрад. Приятность сомнительная, ручаюсь тебе. — Ладно, мы повинуемся.

Уходят.

СЦЕНА ЧЕТВЕРТАЯ

Комната Геро.
Геро, Маргарита и Урсула.

Геро. Милая Урсула, разбуди кузину Беатриче и скажи ей, что пора вставать.

Урсула. Слушаюсь, синьора.

Геро. Да попроси ее прийти сюда.

Урсула. Будет исполнено. *(Уходит.)*

Маргарита. Право, мне кажется, что другой воротник будет лучше.

Геро. Оставь, дорогая Маргарита, я надену этот.

Маргарита. Уверяю вас, этот не так красив; ручаюсь, что и кузина ваша то же скажет.

Геро. Кузина моя — дурочка, и ты тоже. Не надену никакого другого.

Маргарита. Ваша новая накладка мне ужасно нравится; вот только волосы должны были бы быть чуточку потемнее. А фасон вашего платья — право, замечательный! Я видела платье герцогини Миланской, которое так расхваливают.

Геро. Говорят, что-то необыкновенное.

Маргарита. Честное слово, в сравнении с вашим — просто ночной капот! Золотая парча с отделкой и с серебряным кружевом, усыпано жемчугом, верхние рукава, нижние рукава, круглая баска на голубоватой подкладке; но что касается тонкости, красоты и изящества фасона, так ваше в десять раз лучше.

Геро. Дай Бог, чтобы мне в нем было радостно! У меня ужасно тяжело на сердце.

Маргарита. Скоро станет еще тяжелее: мужчина ведь весит.

Геро. Фи, как тебе не стыдно!

Маргарита. Чего же мне стыдиться? Что я высказываю честные мысли? Разве брак не честное дело даже для нищего? И разве ваш повелитель не честный человек, даже и без свадьбы? Вам, верно, хотелось бы, чтобы я сказала: «С вашего разрешения, ваш муж»? Мои слова надо понимать без задней мысли. Я никого не хотела обидеть. Что плохого, если сказать: «Ваш муж весит»? По-моему, ничего, если речь идет о законном муже и законной жене; иначе это было бы не тяжело, а совсем легко. Спросите хоть синьору Беатриче; да вот она сама идет сюда.

Входит Беатриче.

Геро. С добрым утром, кузина.

Беатриче. С добрым утром, милая Геро.

Геро. Что с тобой? Отчего у тебя такой унылый тон?

Беатриче. Вероятно, я потеряла всякий другой тон.

Маргарита. Затяните тогда «Свет любви». Его поют без припева. Вы пойте, а я попляшу.

Беатриче. Да, «Свет любви» — это как раз тебе подходит. Найдись только для тебя муж — о приплоде уж ты позаботишься.

Маргарита. Какие вы ужасные вещи говорите! Делаю вид, будто их не слыхала.

Беатриче. Скоро пять часов, кузина: тебе пора уже быть готовой. Я прескверно себя чувствую. Ох-хо-хо!

Маргарита. О чем этот вздох? О соколе, о скакуне или о супруге?

Беатриче. О букве «С», с которой начинаются все эти слова.

Маргарита. Ну, если вы не стали вероотступницей, так больше нельзя держать путь по звездам.

Беатриче. На что эта дурочка намекает, скажите?

Маргарита. Я? Ни на что. Пошли, Господи, каждому исполнение его желаний!

Геро. Вот перчатки, которые мне прислал граф. Как чудно они пахнут!

Беатриче. У меня нос заложило, кузина, совсем дышать не могу: такая тяжесть!

Маргарита. Девушка — и отяжелела! Видно, основательно простудились.

Беатриче. Милостивый Боже! С каких пор это ты принялась за остроты?

Маргарита. С тех пор, как вы их бросили. А разве остроумие ко мне так уж не идет?

Беатриче. Что-то незаметно его. Ты бы его к чепцу приколола. Право, я совсем больна.

Маргарита. Возьмите настойку Carduus benedictus и приложите к сердцу. Это лучшее средство против тошноты.

Геро. Уколола, как чертополохом.

Беатриче. Benedictus! Почему Benedictus? На что ты намекаешь?

Маргарита. Намекаю? И не думаю намекать. Я просто говорила о целебном чертополохе. Вы, пожалуй, думаете, что я считаю вас влюбленной? О нет, клянусь, я не так глупа, чтобы думать всё, что мне вздумается, и не хочу думать того, что мне может вздуматься, да и вообще не могу подумать — хоть и не знаю, до чего бы додумалась, — что вы влюблены, или будете влюблены, или можете быть влюблены. Хотя вот Бенедикт был совсем вроде вас, а теперь все же стал настоящим мужчиной. Он клялся, что ни за что никогда не женится, — а теперь, хоть и не по сердцу, кушает свою порцию и не поморщится. Можете ли вы так же перемениться — не знаю; но, по-моему, вы стали смотреть такими же глазами, как все другие женщины.

Беатриче. Ох, какую прыть твой язычок развил!

Маргарита. Да, но мимо цели не проскачет.

Входит Урсула.

Урсула. Синьора, приготовьтесь. Принц, граф, синьор Бенедикт, дон Хуан и все городские кавалеры собрались, чтобы проводить вас в церковь.

Геро. Помогите мне одеться, милая кузина, милая Маргарита, милая Урсула.

Уходят.

СЦЕНА ПЯТАЯ

*Другая комната в доме Леонато.
Входят Леонато, Кизил и Булава.*

Леонато. Чего вы от меня хотите, почтенный сосед?

Кизил. Да вот, синьор, мне бы с вами маленькую конфиденцию: дело вас касается.

Леонато. Только покороче, прошу вас. Сейчас время для меня очень хлопотливое.

Кизил. Вот уж правда, время такое, синьор.

Булава. Что верно, то верно: такое время.

Леонато. Так в чем же дело, друзья?

Кизил. Кум Булава, синьор, порасскажет вам кое-что. Человек он старый, разум у него уж не такой острый, как бы мне, с Божьей помощью, того хотелось бы. Но, даю слово, человек он честный, с головы до пят.

Булава. Да, благодарение Богу, человек я честный: любого старика возьмите — честнее меня не будет.

Кизил. Сравнения тут ни при чем: поменьше слов, кум Булава.

Леонато. Какие вы, однако, канительщики, братцы!

Кизил. Вашей чести угодно нас так называть, хотя мы всего лишь смиренные принцевы слуги. Однако скажу по совести: будь у меня этой канители столько, сколько у короля, я всю бы ее предоставил вашей чести.

Леонато. Всю канитель — мне? Ого!

Кизил. Да, и будь ее даже на тысячу фунтов больше, потому что у вас в городе такая превосходная репетиция, как мало у кого. И хоть я маленький человек, а рад это слышать.

Булава. Также и я.

Леонато. Но я хотел бы знать, что вы имеете мне сообщить.

Булава. Так что, ваша милость, наша стража нынче ночью — не при вас будь сказано — изловила парочку таких мошенников, каких в Мессине еще не видывали.

Кизил. Добрейший старик, синьор, любит потолковать. Как говорится, старость в двери — ум за двери. Господи прости, много чего на своем веку видывал. — Правильно сказано, кум Булава, правильно, — божий ты человек! А все-таки если двое на одной лошади едут, так кому-нибудь приходится сидеть позади. — Честнейшая душа, ваша милость, честью клянусь: мало таких найдется из тех, что хлеб жуют. Но, благодарение Богу, не все люди бывают одинаковы. Так-то, соседушка.

Леонато. Действительно, братец, ему за тобой не угнаться.

Кизил. Это уж Божий дар.

Леонато. Я должен оставить вас.

Кизил. Одно словечко, ваша милость: наша стража действительно задержала две обозрительных личности, и мы хотели бы их нынче утром допросить в присутствии вашей милости.

Леонато. Допросите их сами и принесите мне потом протокол. Я сейчас очень занят, — вы сами видите.

Кизил. Все исполним в аккуратности.

Леонато. Выпейте по стакану вина перед уходом. Прощайте.

Входит слуга.

Слуга. Ваша милость, вас ждут, чтобы вы вручили вашу дочь жениху.
Леонато. Иду, иду. Я готов.

Уходят Леонато и слуга.

Кизил. Сходи, кум, за Франсисом Угольком, вели ему принести в тюрьму перо и чернильницу: мы там учиним допрос этим молодчикам.
Булава. Это нужно сделать умненько.
Кизил. Да уж ума не пожалеем, ручаюсь тебе. *(Указывая себе на голову.)* Здесь хватит, чтобы загнать их в тупик. Только приведи ученого писца, чтобы записать всю эту экскоммуникацию. Встретимся в тюрьме.

Уходят.

АКТ IV

СЦЕНА ПЕРВАЯ

Внутренность церкви.
Входят дон Педро, дон Хуан, Леонато, монах, Клавдио, Бенедикт, Геро, Беатриче и другие.

Леонато. Покороче, отец Франциск. Совершите только свадебный обряд, а наставление об их обязанностях вы прочтете потом.

Монах *(к Клавдио)*. Вы пришли сюда, синьор, затем, чтобы заключить брачный союз с этой девушкой?

Клавдио. Нет.

Леонато. Он пришел, чтобы вступить в брачный союз, а уж заключите его вы, отец Франциск.

Монах *(к Геро)*. Вы пришли сюда, синьора, затем, чтобы вступить в брачный союз с графом?

Геро. Да.

Монах. Если кому-либо из вас известны тайные препятствия к заключению этого союза, ради спасения ваших душ предписываю вам открыть их.

Клавдио. Известно вам какое-нибудь препятствие, Геро?

Геро. Нет, мой супруг.

Монах. А вам, граф?

Леонато. Решусь ответить за него: нет.

Клавдио. О, на что только не решаются люди! На что только они не дерзают! Чего только они не делают каждодневно, сами не зная, что они делают!

Бенедикт. Это еще что за междометия? Можно бы найти и повеселее, например: ха-ха-ха!
Клавдио

Постой, монах. — Отец, прошу ответить:
Вы с легкою душой и добровольно
Мне отдаете в жены вашу дочь?

Леонато

Да, сын мой, как ее Господь мне дал.

Клавдио

А чем вам отплачу? Какой ценою —
За этот щедрый, драгоценный дар?

Дон Педро

Ничем. Вернув ее обратно разве.

Клавдио

Принц! Благодарности учусь у вас. —
Возьмите ж дочь обратно, Леонато.
Гнилым плодом не угощайте друга:
Ее невинность — видимость, обман.
Смотрите: покраснела, как девица!
О, как искусно, как правдоподобно
Скрывать себя умеет хитрый грех!
Не знак ли добродетели чистейшей —
Румянец этот? Кто бы не поклялся
Из всех вас здесь, что девушка она,
Судя по виду? Но она не дева.
Она познала ложа страстный жар.
Здесь краска не стыдливости — греха.

Леонато

Что это значит, граф?

Клавдио

                   Что не женюсь я
И не свяжу души с развратной тварью.

Леонато

О дорогой мой граф, когда вы сами
Над юностью победу одержали
И погубили девственность ее...

Клавдио

    Я знаю, вы сказать хотите: если
    Я ею овладел, то потому лишь,
    Что видела она во мне супруга,
    Грех предвосхищенный смягчая тем...
    Нет, Леонато:
    Ее не соблазнял я даже словом,
    Но ей выказывал, как брат сестре,
    Любви безгрешной искренность и робость.

Геро

    Когда-либо иной я вам казалась?

Клавдио

    «Казалась»? Постыдись! Я так сказал бы:
    Ты кажешься Дианою небесной
    И чище нерасцветшего цветка,
    Но в страсти ты несдержанней Венеры
    И хуже, чем пресытившийся зверь,
    Что бесится в животном сладострастье.

Геро

    Здоров ли граф? Он говорит так странно.

Клавдио

    Что ж вы молчите, принц?

Дон Педро

                     Что я скажу?
    Я честь свою тем запятнал, что друга
    Хотел связать с развратницей публичной.

Леонато

    Что слышу я? Иль это снится мне?

Дон Хуан

    Нет, это — явь, и слышите вы правду.

Бенедикт *(в сторону)*

    Здесь свадьбою не пахнет!

Геро

                     Правду? Боже!

Клавдио

    Я ль это, Леонато?
    А это принц? А это — брат его?
    А это — Геро? Не обман ли зренья?

Леонато

Всё это так; но что же из того?

Клавдио

Один вопрос задать хочу я Геро,
А вы священною отцовской властью
Ей прикажите нам ответить правду.

Леонато

Дитя моё, я требую всей правды.

Геро

О Господи, спаси! Какая мука!
Что надо вам? Зачем такой допрос?

Клавдио

Чтоб честно вы назвали ваше имя.

Геро

Или оно не Геро? Это имя
Кто может очернить?

Клавдио

Сама же Геро
Невинность Геро может очернить.
Какой мужчина с вами говорил
У вашего окна вчера за полночь?
Когда вы девушка, ответьте нам.

Геро

Я в этот час ни с кем не говорила.

Дон Педро

Так вы не девушка! — О Леонато,
Мне жаль вас, но, клянусь моею честью,
Я сам, мой брат и бедный граф видали
И слышали средь ночи, как она
С каким-то проходимцем говорила,
Который, как завзятый негодяй,
Припоминал позорную их связь
И тайные свиданья.

Дон Хуан

Стыд! Их речи
Нельзя ни повторить, ни передать;
Чтоб выразить их, слух не оскорбляя,

Нет слов хоть сколько-нибудь скромных.
>   Грустно,
Красавица, что так порочна ты.

Клавдио

О Геро! Что за Геро ты была бы,
Когда бы половину так прекрасна
Была душой и сердцем, как лицом!
Прощай! Ты хуже всех — и всех прекрасней!
Невинный грех и грешная невинность!
Из-за тебя замкну врата любви,
Завешу взоры черным подозреньем,
Чтоб в красоте лишь зло предполагать
И никогда в ней прелести не видеть.

Леонато

Кто даст кинжал мне, чтоб с собой покончить?

Геро лишается чувств.

Беатриче

Ты падаешь, кузина? Что с тобой?

Дон Хуан

Уйдем! Разоблаченье этих дел
Сразило дух ее.

Уходят дон Педро, дон Хуан и Клавдио.

Бенедикт

Что с Геро?

Беатриче

>   Умерла? На помощь, дядя!
О Геро! Дядя! Бенедикт! Отец!

Леонато

О рок, не отклоняй десницы тяжкой!
Смерть — лучший для стыда ее покров,
Какой желать возможно.

Беатриче

>   Геро, Геро!

Монах

Утешься, Беатриче.

Леонато

                Что? Очнулась?

Монах

А почему же не очнуться ей?

Леонато

Как — почему? Да разве все живое
Ей не кричит: «Позор»? Ей не отвергнуть
Того, в чем обличил ее румянец.
Не открывай глаза для жизни, Геро!
О, если бы я знал, что не умрешь ты,
Что дух твой может пережить позор, —
Тебя убил бы я своей рукою!
А я жалел, что дочь одну имею,
Я сетовал на скупость сил природы!
О, слишком много и тебя одной!
Зачем ты мне прекрасною казалась?
Зачем я милосердною рукой
Не подобрал подкидыша у двери?
Пусть запятнал бы он себя позором, —
Я б мог сказать: «Здесь нет моей вины.
Позор его — позор безвестной крови».
Но ты моя, моя любовь, и радость,
И гордость. Ты моя, моя настолько,
Что сам я не себе принадлежал,
Скорей тебе, — и вот, свалилась в яму
Столь черной грязи, что в безбрежном море
Не хватит капель, чтоб тебя омыть,
Ни соли, чтоб от порчи уберечь
Гнилую плоть.

Бенедикт

                Прошу вас, успокойтесь.
Что до меня, я так всем поражен...
Не знаю, что сказать.

Беатриче

Клянусь душой, сестру оклеветали.

Бенедикт

Вы прошлой ночью спали вместе с ней?

Беатриче
>Не с нею, нет. Но до последней ночи
>Я вместе с нею целый год спала.

Леонато
>Так, так! Еще сильнее подтвердилось
>То, что и без того железа тверже.
>Солгут ли принцы? И солжет ли граф,
>Любивший так, что омывал слезами
>Ее позор? Уйдите! Пусть умрет.

Монах
>Послушайте меня.
>Недаром я молчал, предоставляя
>Всему своим свершаться чередом.
>Я наблюдал за ней, и я заметил,
>Как часто краска ей в лицо кидалась,
>Как часто ангельскою белизной
>Невинный стыд сменял в лице румянец.
>Огонь, в глазах ее сверкавший, мог бы
>Сжечь дерзкие наветы на ее
>Девичью честь. Глупцом меня зовите,
>Не верьте наблюдениям моим,
>Что опыта печатью подтверждают
>Мою ученость книжную; не верьте
>Моим летам, ни званию, ни сану —
>Когда не злостной сражена ошибкой
>Девица милая.

Леонато
>   Не может быть!
>Ты видишь сам: лишь тем свой грех смягчая,
>Она его не хочет ложной клятвой
>Отягощать; она не отрицает!
>Зачем прикрыть ты хочешь извиненьем
>То, что предстало в полной наготе?

Монах
>Кто тот, с кем вас в сношеньях обвиняли?

Геро
>Кто обвинял, тот знает; я не знаю.
>И если с кем-нибудь была я ближе,

Чем допускает девичья стыдливость,
Пускай Господь мне не простит грехов!
Отец мой, докажи, что я с мужчиной
Вела беседу в неурочный час,
Что этой ночью тайно с ним встречалась, —
Гони меня, кляни, пытай до смерти!

Монах

В каком-то странном заблужденье принцы.

Бенедикт

Двоим из них присуще чувство чести,
И если кто-нибудь их ввел в обман —
Тут происки бастарда дон Хуана:
Ему бы только подлости творить.

Леонато

Не знаю. Если есть в словах их правда,
Убью ее своей рукой; но если
Ее оклеветали, то, поверьте,
Я проучу наглейшего из них.
Года во мне не иссушили крови,
Не выела во мне рассудка старость,
Судьба меня богатства не лишила,
Превратности не отняли друзей.
В злой час для наших недругов найдутся
И руки сильные, и разум ясный,
И средства, и подмога от друзей,
Чтоб рассчитаться с ними.

Монах

                Подождите:
Я в этом деле вам подам совет.
Ведь принцы вашу дочь сочли умершей:
Так вот, ее от всех на время скройте
И объявите, что она скончалась.
И, соблюдая траур показной,
На родовом старинном вашем склепе
Повесьте эпитафии, свершив
Пред этим похоронные обряды.

Леонато

Зачем? К чему все это поведет?

Монах

    К тому, что клеветавшие на Геро
    Раскаются тогда: и то уж благо.
    Но не о том мечтал я, замышляя
    Свой необычный план: чреват он бо́льшим.
    Узнавши с ваших слов, что умерла
    Она под гнетом тяжких обвинений,
    Жалеть ее, оплакивать все станут,
    Оправдывать. Ведь так всегда бывает:
    Не ценим мы того, что мы имеем,
    Но стоит только это потерять —
    Цены ему не знаем и находим
    В нем качества, которых не видали
    Мы прежде. Вот и с Клавдио так будет:
    Узнав, что он своим жестоким словом
    Убил ее, — в своем воображенье
    Он в ней увидит прежний идеал.
    Все, что в ней было милого, живого,
    Каким-то новым светом облечется,
    Прелестнее, нежней, полнее жизни
    В глазах его души, чем это было
    При жизни Геро. Если он любил,
    Оплакивать ее тогда он станет,
    Жалеть о том, что обвинил ее, —
    Хотя б еще в ее виновность верил.
    Устроим так, и верьте мне: успех
    Прекрасней увенчает наше дело,
    Чем я могу представить вам сейчас.
    Но если бы я даже ошибался,
    То слух о смерти Геро заглушит
    Молву о девичьем ее бесчестье;
    А в худшем случае он вам поможет
    Укрыть ее поруганную честь
    В каком-нибудь монастыре, подальше
    От глаз, от языков и от обид.

Бенедикт

    Послушайтесь монаха, Леонато.
    Хотя, как вам известно, близок я

И Клавдио и принцу и люблю их,
Но я клянусь быть с вами заодно,
Как заодно ваш дух и ваше тело.

Леонато

Я так сейчас тону в потоке горя,
Что за соломинку готов схватиться.

Монах

Я рад согласью вашему. Итак,
Каков недуг, такое и леченье.

(К Геро.)

Умри, чтоб жить! И, может быть, твой брак
Отсрочен лишь. Мужайся и — терпенье.

Уходят все, кроме Бенедикта и Беатриче.

Бенедикт. Синьора Беатриче, вы все это время плакали?

Беатриче. Да, и еще долго буду плакать.

Бенедикт. Я не желал бы этого.

Беатриче. И не к чему желать: я и так плачу.

Бенедикт. Я вполне уверен, что вашу прекрасную кузину оклеветали.

Беатриче. Ах, что бы я дала тому человеку, который доказал бы ее невинность!

Бенедикт. А есть способ оказать вам эту дружескую услугу?

Беатриче. Способ есть, да друга нет.

Бенедикт. Может за это дело взяться мужчина?

Беатриче. Это мужское дело, да только не ваше.

Бенедикт. Я люблю вас больше всего на свете. Не странно ли это?

Беатриче. Странно, как вещь, о существовании которой мне неизвестно. Точно так же и я могла бы сказать, что люблю вас больше всего на свете. Но вы мне не верьте, хотя я и не лгу. Я ни в чем не признаюсь, но и ничего не отрицаю. Я горюю о своей кузине.

Бенедикт. Клянусь моей шпагой, Беатриче, ты любишь меня!

Беатриче. Не клянитесь шпагой, лучше проглотите ее.

Бенедикт. Буду клясться ею, что вы меня любите, и заставлю проглотить ее того, кто осмелится сказать, что я вас не люблю.

Беатриче. Не пришлось бы вам проглотить эти слова!

Бенедикт. Ни под каким соусом! Клянусь, что я люблю вас!

Беатриче. Да простит мне Господь!

Бенедикт. Какой грех, прелестная Беатриче?

Беатриче. Вы вовремя перебили меня: я уж готова была поклясться, что люблю вас.

Бенедикт. Сделай же это от всего сердца.

Беатриче. Сердце все отдано вам: мне даже не осталось, чем поклясться.

Бенедикт. Прикажи мне сделать что-нибудь для тебя.

Беатриче. Убейте Клавдио!

Бенедикт. Ни за что на свете!

Беатриче. Вы убиваете меня вашим отказом. Прощайте.

Бенедикт. Постойте, милая Беатриче...

Беатриче. Я уже ушла, хоть я и здесь. В вас нет ни капли любви. Прошу вас, пустите меня!

Бенедикт. Беатриче!

Беатриче. Нет, нет, я ухожу.

Бенедикт. Будем друзьями.

Беатриче. Конечно, безопаснее быть моим другом, чем сражаться с моим врагом.

Бенедикт. Но разве Клавдио твой враг?

Беатриче. Разве он не доказал, что он величайший негодяй, тем, что оклеветал, отвергнул и опозорил мою родственницу? О, будь я мужчиной! Как! Носить ее на руках, пока не добился ее руки, и затем публично обвинить, явно оклеветать с неудержимой злобой! О Боже, будь я мужчиной! Я бы съела его сердце на рыночной площади!

Бенедикт. Выслушайте меня, Беатриче...

Беатриче. Разговаривала из окна с мужчиной! Славная выдумка!

Бенедикт. Но, Беатриче...

Беатриче. Милая Геро! Ее оскорбили, оклеветали, погубили!

Бенедикт. Беат...

Беатриче. Принцы и графы! Поистине рыцарский поступок! Настоящий граф! Сахарный графчик! Уж именно сладкий любовник! О, будь я мужчиной, чтобы проучить его! Или имей я друга, который выказал бы себя мужчиной вместо меня! Но мужество растаяло в любезностях, доблесть — в комплиментах, и мужчины превратились в сплошное пустословие и краснобайство. Теперь Геркулес — тот, кто лучше лжет и клянется. Но раз по желанию я не могу стать мужчиной, мне остается лишь с горя умереть женщиной.

Бенедикт. Постой, дорогая Беатриче. Клянусь моей рукой, я люблю тебя.

Беатриче. Найдите вашей руке, из любви ко мне, лучшее применение, чем клятвы.

Бенедикт. Убеждены ли вы в том, что граф Клавдио оклеветал Геро?

Беатриче. Убеждена, как в том, что у меня есть душа и убеждение.

Бенедикт. Довольно, обещаю вам, что пошлю ему вызов. Целую вашу руку и покидаю вас. Клянусь моей рукой, Клавдио дорого мне заплатит. Судите обо мне по тому, что обо мне услышите. Идите утешьте вашу кузину. Я буду всем говорить, что она умерла. Итак, до свиданья.

Уходят.

СЦЕНА ВТОРАЯ

Тюрьма.

Входят Кизил, Булава и протоколист в судейских мантиях, стража вводит Конрада и Борачио.

Кизил. Вся диссамблея в сборе?
Булава. Эй, табурет и подушку для писца.
Протоколист. Где тут злоумышленники?
Кизил. Так что я и мой приятель.
Булава. Так, так, правильно: мы должны произвести экзаминацию.

Протоколист. Да нет, где обвиняемые, с которых будут снимать показание? Пусть они подойдут к старшему из вас.

Кизил. Да, понятно, пусть они ко мне подойдут. — Как тебя зовут, приятель?

Борачио. Борачио.
Кизил. Запишите, пожалуйста: Борачио. — А тебя как звать, малый?

Конрад. Я дворянин, сударь, и мое имя — Конрад.

Кизил. Запишите: господин дворянин Конрад. — Веруете ли вы в Бога, господа?

Конрад и Борачио. Да, сударь, надеемся, что так.

Кизил. Запишите: надеются, что веруют в Бога. Да поставьте Бога на первом месте: упаси Боже поставить Бога после таких мерзавцев! Ну, судари мои, уже доказано, что вы немногим лучше мошенников, и вскорости все в этом убедятся. Что вы о себе скажете?

Конрад. Что мы вовсе не мошенники, сударь.

Кизил. Удивительно хитрый малый, честное слово; но я с ним справлюсь. — Подите-ка вы поближе. Словечко вам на ушко, сударь: говорю вам — утверждают, что вы мошенники.

Борачио. А я утверждаю, что мы не мошенники.

Кизил. Ладно, отойдите в сторону. — Ей-богу, они сговорились. Записали вы, что они не мошенники?

Протоколист. Господин пристав, вы неправильно ведете допрос: вы должны вызвать сторожей, которые являются обвинителями.

Кизил. Ну конечно, это самый лучший способ. Пусть подойдет стража. — Ребята, именем принца приказываю вам: обвиняйте этих людей.

1-й сторож. Вот этот человек, сударь, говорил, что дон Хуан, принцев брат, подлец.

Кизил. Запишите: принц дон Хуан — подлец. Да ведь это подлинное клятвопреступление — принцева брата назвать подлецом!

Борачио. Господин пристав...

Кизил. Сделай милость, замолчи, милейший; право, мне твоя физиономия не нравится.

Протоколист. Что он еще говорил?

2-й сторож. Что он получил от дона Хуана тысячу дукатов, чтобы ложно обвинить синьору Геро.

Кизил. Чистейший грабеж, какой только можно себе представить!

Булава. Клянусь обедней, верно!

Протоколист. Еще что?

1-й сторож. Что граф Клавдио, поверив его словам, решил осрамить Геро при всем честном народе и отказаться от женитьбы на ней.

Кизил. Ах, мерзавец! Ты будешь за это осужден на вечное искупление.

Протоколист. Еще что?

2-й сторож. Это все.

Протоколист. Всего этого более чем достаточно, и никакие отпирательства, братцы, вам уже не помогут. Дон Хуан сегодня утром тайно бежал. Геро была по указанной причине обвинена, отвергнута и скоропостижно умерла от потрясения. Господин пристав, велите связать этих молодцов и отвести их к синьору

Леонато. Я пойду вперед и ознакомлю его с протоколом допроса. *(Уходит.)*

Кизил. Мы с ними живо управимся.

Булава. Связать их!

Конрад. Прочь, болван!

Кизил. Господи Боже мой! Где протоколист? Пусть запишет: принцев слуга — болван! Вяжите их! Ах ты, жалкий мошенник!

Конрад. Убирайся прочь, осёл! Осёл!

Кизил. Как! Никакого п о д о з р е н и я к моему чину! Никакого п о д о з р е н и я к моему возрасту! Ах, будь здесь протоколист, чтобы записать, что я осёл! Но хоть это и не записано, не забудьте, что я осёл! Ты, негодяй, хоть и полон п о ч т е н и я, а свидетели на тебя найдутся. Я парень не дурак, да подымай выше — принцев слуга, да подымай выше — отец семейства, да подымай выше — не хуже кого другого во всей Мессине. И законы я знаю, вот как! И денег у меня довольно, вот как! И д е ф е к т о в у меня сколько хочешь, вот как! Да у меня два мундира, да и всё у меня в порядке, вот как! Ведите его! Экая досада: не успели записать, что я осёл!

Уходят.

АКТ V

СЦЕНА ПЕРВАЯ

Перед домом Леонато.
Входят Леонато и Антонио.

Антонио
Таким путем ты сам себя убьешь!
Разумно ли так поддаваться горю
Во вред себе?
Леонато
            Прошу, оставь советы.
Они без пользы в слух мой попадают,
Как в решето вода. Оставь советы!
Меня утешить мог бы только тот,
Чьи горести совпали бы с моими.
Дай мне отца, чтоб так же дочь любил,
Чью радость так же вырвали б жестоко, —
И пусть он говорит мне о терпенье.
Измерь его страданья по моим,
И если между ними нет различья,
И скорбь его точь-в-точь моей равна
Во всех чертах, и образах, и видах,
И если он с усмешкой, вместо вздоха,
«Прочь горе!» крикнет, бороду погладив,
Остротами заштопав грусть, пропьет
С кутилами беду, — дай мне его,
И от него я научусь терпенью.
Но нет такого человека, брат!
Советовать умеет каждый в горе,

Которого еще не испытал.
В беде же сам совет на ярость сменит,
Кто от нее прописывал лекарства.
Хотел связать безумье шелковинкой
И сердца боль заговорить словами.
Нет, нет! Всегда советуют терпеть
Тем, кто под тяжким грузом скорби гнется.
Но смертным не дано ни сил, ни власти
Свои советы на себе проверить,
Когда беда у них. Оставь советы!
Сильней, чем увещанья, боль кричит.

Антонио

Так в чем ребенок разнится от мужа?

Леонато

Прошу, молчи. Я только плоть и кровь.
Такого нет философа на свете,
Чтобы зубную боль сносил спокойно, —
Пусть на словах подобен он богам
В своем прозренье к бедам и страданьям.

Антонио

Но не бери всю тяжесть на себя:
Обидчики пусть тоже пострадают.

Леонато

Вот тут ты прав. Я так и поступлю.
Мне сердце говорит — невинна Геро;
И это должен Клавдио узнать,
И принц, и все, кто дочь мою позорил.

Входят дон Педро и Клавдио.

Антонио

Вот принц и Клавдио спешат сюда.

Дон Педро

День добрый.

Клавдио

           Добрый день вам, господа.

Леонато

Послушайте...

Дон Педро
                    Спешим мы, Леонато.
Леонато
Спешите, принц? Желаю вам удачи.
Вы так спешите? Что же, все равно.
Дон Педро
Не затевайте ссоры, добрый старец.
Антонио
Когда бы ссорой мог помочь он делу,
Один из вас лежал бы здесь сраженный.
Клавдио
Кто оскорбил его?
Леонато
             Кто? Ты, притворщик!
Ты, ты. Да, нечего за меч хвататься.
Не испугаешь!
Клавдио
            Пусть рука отсохнет,
Что старости бы вашей угрожала.
Без умысла рука взялась за меч.
Леонато
Молчи, шутить со мной я не позволю.
Я не безумец и не враль пустой,
Чтоб, прикрываясь старости правами,
Хвалиться тем, что в «молодости делал»
Иль «сделал бы, не будь я стар». Но слушай:
Ты так меня и Геро оскорбил,
Что принужден я, сан мой забывая,
Мои седины и обиды лет,
Тебя на поединок вызвать. Знай:
Ты дочь мою безвинно опорочил,
И клевета пронзила сердце ей,
Она лежит теперь в гробнице предков,
Где никогда позор не почивал.
Ее ж позор ты создал подлой ложью.
Клавдио
Как! Я?

Леонато

          Да, ты. Ты, говорю тебе!

Дон Педро

Неправда это, старец.

Леонато

                  Принц, ту правду
Я докажу на нем же, невзирая
На все его искусство в фехтованье,
На юность майскую и сил расцвет.

Клавдио

Довольно! Я с тобой не стану биться.

Леонато

Не ускользнешь! Ты дочь мою убил;
Убив меня — убьешь ты мужа, мальчик.

Антонио

Обоих нас, мужей, убить он должен.
Но все равно! Я первым с ним дерусь.
Пусть победит меня, но мне ответит.
За мной, молокосос! Иди за мною!
Тебя хочу я отстегать, мальчишка, —
Да, слово дворянина, отстегать!

Леонато

Мой брат...

Антонио

          Молчи. Бог видит, как любил я Геро!
Она мертва, убита подлецами,
Которые так жаждут поединка,
Как жажду я змею схватить за жало.
Мальчишки, хвастуны, молокососы!

Леонато

Антонио...

Антонио

        Молчи. О, я их знаю
И цену им. Я вижу их насквозь:
Лгуны, буяны, франты, пустоцветы,
Что только лгут, язвят, клевещут, льстят,
Кривляются, десятком страшных слов

И грозным видом запугать хотели б
Своих врагов, — когда бы лишь посмели,
Вот и всего.

Леонато

Но, брат Антонио...

Антонио

Не в этом дело.
Ты не мешайся; предоставь мне все.

Дон Педро

Мы не хотим вас раздражать, синьоры.
Я всей душой скорблю о смерти Геро,
Но честью вам клянусь: ее вина
Доказана вполне и непреложно.

Леонато

Мой принц!..

Дон Педро

Я вас не стану слушать.

Леонато

Нет?
Пойдем же, брат: я слушать их заставлю.

Антонио

Да, иль один из нас за то заплатит.

*Уходят Леонато и Антонио.
Входит Бенедикт.*

Дон Педро. Смотри, вот тот, кого искали мы.

Клавдио. Ну, синьор, что нового?

Бенедикт. Добрый день, ваше высочество.

Дон Педро. Привет, синьор. Вы пришли почти вовремя, чтобы разнять почти драку.

Клавдио. Нам чуть не откусили носов два беззубых старика.

Дон Педро. Леонато и его брат. Что ты на это скажешь? Если бы мы с ними сразились, боюсь, что мы оказались бы слишком молоды для них.

Бенедикт. В несправедливой ссоре настоящей храбрости нет. Я искал вас обоих.

Клавдио. Мы сами тебя повсюду разыскивали. На нас напала ужасная меланхолия, и нам хотелось бы ее разогнать. Не поможешь ли нам своим остроумием?

Бенедикт. Оно в моих ножнах. Прикажете его вытащить?

Дон Педро. Разве ты носишь свое остроумие сбоку?

Клавдио. Этого еще никто не делал, хотя многим их остроумие вылезает боком. Мне хочется попросить тебя ударить им, как мы просим музыкантов ударить в смычки. Сделай милость, развлеки нас.

Дон Педро. Клянусь честью, он выглядит бледным. Ты болен или сердит?

Клавдио. Подбодрись, дружок! Хоть говорят, что забота и кошку уморить может, у тебя такой живой нрав, что ты можешь и заботу уморить.

Бенедикт. Синьор, я ваши насмешки поймаю на полном скаку, они ко мне относятся. Нельзя ли выбрать другую тему для разговора?

Клавдио. Так дайте ему другое копье: он разломал свое на куски.

Дон Педро. Клянусь дневным светом, он все более меняется в лице. По-моему, он не на шутку сердит.

Клавдио. Если так, он знает, какую занять позицию.

Бенедикт. Разрешите сказать вам словечко на ухо.

Клавдио. Не вызов ли, Боже упаси?

Бенедикт *(тихо, к Клавдио)*. Вы негодяй. Я не шучу. Я готов подтвердить это где вам будет угодно, как вам будет угодно и когда вам будет угодно. Я требую удовлетворения, или я при всех назову вас трусом. Вы убили прелестную девушку, и смерть ее дорого обойдется вам. Жду вашего ответа.

Клавдио *(громко)*. Я охотно принимаю ваше приглашение и рассчитываю, что вы хорошо меня угостите.

Дон Педро. Что такое? Пирушка?

Клавдио. Да, я ему очень благодарен. Он приглашает меня на телячью голову и каплуна. А если мне не удастся его разрезать как следует, можете считать, что мой нож никуда не годится. А не будет ли там еще вальдшнепа?

Бенедикт. Ваше остроумие легко на ногу — бежит хорошей иноходью.

Дон Педро. Надо рассказать тебе, как на днях Беатриче расхваливала твое остроумие. Я сказал, что у тебя тонкий ум. «Верно, говорит, такой тонкий, что и не заметишь». — «Я хочу сказать, широкий ум». — «Да, говорит, плоскость необозримая». — «Я хочу сказать, приятный ум». — «Правильно, говорит, никого не обидит». — «Я хочу сказать, что он большой умница». — «Вот именно, говорит, ум за разум заходит». — «Он отлично владеет языками». — «Верно, говорит, он мне поклялся кое в чем в понедельник вечером, а во вторник утром уже нарушил клятву. Он двуязычный человек, хорошо владеет двумя языками». Так она битый час выворачивала наизнанку твои достоинства; но в конце концов заявила со вздохом, что лучше тебя нет человека во всей Италии.

Клавдио. При этом горько заплакала и сказала, что ей нет до тебя дела.

Дон Педро. Да, так оно и было. Но дело в том, что, если бы она так смертельно его не ненавидела, она бы его страстно полюбила. Дочь старика нам все рассказала.

Клавдио. Решительно все. И то, как «Бог видел его, когда он прятался в саду».

Дон Педро. Но когда же мы водрузим рога дикого быка на голову мудрого Бенедикта?

Клавдио. Да, и с надписью: «Здесь живет Бенедикт, женатый человек».

Бенедикт. Прощай, мальчик. Ты понял меня. Предоставляю вас вашему болтливому настроению.

Вы сыплете остротами, как хвастуны машут мечами, — не задевая, слава Богу, никого. — Ваше высочество, я очень вам благодарен за ваши милости ко мне, но принужден оставить вас. Ваш побочный брат бежал из Мессины. Вы с ним сообща убили прелестную невинную девушку. А с этим молокососом мы еще встретимся. Пока желаю ему счастливо оставаться. *(Уходит.)*

Дон Педро. Он говорил серьезно.

Клавдио. Как нельзя более серьезно. Ручаюсь вам, что это из-за любви к Беатриче.

Дон Педро. Он вызвал тебя на дуэль?

Клавдио. Без всяких околичностей.

Дон Педро. Какая забавная штука — человек, когда он надевает камзол и штаны, а рассудок забывает дома!

Клавдио. Он ведет себя как великан перед мартышкой, а в сущности, перед таким человеком и мартышка — мудрец.

Дон Педро. Но довольно! Надо собраться с мыслями и отнестись к делу серьезно. Он, кажется, сказал, будто мой брат скрылся?

Входят Кизил, Булава и стража с Конрадом и Борачио.

Кизил. Идем, идем, сударь. Если правосудие не справится с вами, так не вешать ему на своих весах ничего путного. Хоть вы и лицемер проклятый, вас уж там разберут.

Дон Педро. Что это? Двое из приближенных моего брата связаны! И один из них — Борачио!

Клавдио. Спросите, за что их арестовали, ваше высочество.

Дон Педро. Господа, в чем провинились эти люди?

Кизил. Так что, сударь, они сделали ложный донос; кроме того, сказали неправду; во-вторых, оклеветали; в-шестых и последних, оболгали благородную девицу; в-третьих, подтвердили неверные вещи; и, в заключение, они лгуны и мошенники.

Дон Педро. Во-первых, я спрашиваю, что они сделали? В-третьих, я спрашиваю, в чем их вина? В-шестых и последних, за что они арестованы? И, в заключение, в чем их обвиняют?

Клавдио. Правильное рассуждение, по всем пунктам; честью клянусь, один и тот же вопрос в разных формах!

Дон Педро. Что вы совершили, господа, что вас ведут связанными к допросу? Этот ученый пристав так хитроумен, что ничего не понять. В чем ваше преступление?

Борачио. Добрый принц, не велите меня вести к допросу: выслушайте меня сами, и пусть граф убьет меня. Я обманул ваши собственные глаза. То, чего ваша мудрость не могла обнаружить, открыли эти круглые дураки. Сегодня ночью они подслушали, как я признавался вот этому человеку в том, что ваш брат дон Хуан подговорил меня оклеветать синьору Геро. Я рассказал ему, как вас привели в сад и вы там видели мое свидание с Маргаритой, одетой в платье Геро, как затем вы опозорили Геро в самый момент венчания. Моя подлость занесена в протокол. Но я охотнее запечатлею ее своей смертью, чем повторю рассказ о своем позоре. Девушка умерла от ложного обвинения, взведенного на нее мною и моим хозяином. Короче говоря, я не желаю ничего, кроме возмездия за мою низость.

Дон Педро *(к Клавдио)*
Он не вонзил ли сталь в тебя речами?
Клавдио
Внимая им, я выпил страшный яд.
Дон Педро *(к Борачио)*
Ужель мой брат толкнул тебя на это?
Борачио
Да, и за труд он заплатил мне щедро.

Дон Педро

В себе он вероломство воплощал
И, подлость эту совершив, бежал.

Клавдио

О Геро, вновь в душе воскрес твой образ
В той красоте, какую я любил!

Кизил. Ну, уведите истцов! Теперь протоколист уже реформировал обо всем синьора Леонато. А главное, господа, не забудьте подтвердить в надлежащее время и в надлежащем месте, что я — осел.

Булава. А вот идет и синьор Леонато с протоколистом.

Входят Леонато и Антонио с протоколистом.

Леонато

Где негодяй? Я на него взгляну,
Чтоб, встретивши такого же злодея,
Я мог поостеречься. Кто из них?

Борачио

Хотите знать злодея? Он пред вами.

Леонато

Так это ты, подлец, убил словами
Невинное созданье?

Борачио

     Я один.

Леонато

Нет, негодяй, ты на себя клевещешь,
Гляди: вот два почтенных человека,
А третий скрылся, — это дело их!
Спасибо, принцы, за убийство Геро.
Вы к вашим громким подвигам прибавьте
Еще и это славное деянье.

Клавдио

Не знаю, как просить вас о терпенье,
Но не могу молчать. Назначьте сами,
Какое вы хотите, искупленье
За этот грех, — хотя лишь тем я грешен,
Что заблуждался.

Дон Педро

     Как и я, клянусь.
Но, чтоб вину загладить перед старцем,
Приму любую тягостную кару,
Что он назначит мне.

Леонато

   Я не могу вам повелеть, чтоб вы
Велели ей ожить: вы в том не властны.
Но я прошу вас огласить в Мессине,
Что умерла невинною она.
И если даст любовь вам вдохновенье,
Ее почтите надписью надгробной:
Пусть в эту ночь она звучит, как гимн.
А завтра утром я вас жду к себе.
И если не могли вы стать мне зятем,
Племянником мне будьте. Дочка брата —
Двойник покойной дочери моей.
Она наследница отца и дяди.
Отдайте ж ей, что назначалось Геро, —
И месть умрет.

Клавдио

     Какое благородство!
Я тронут вашей добротой до слез.
Согласен я: во всем располагайте
Отныне бедным Клавдио.

Леонато

Так завтра утром жду обоих вас.
Пока — прощайте. Этого злодея
Сведем мы в очной ставке с Маргаритой:
Она замешана в позорном деле,
Подкуплена...

Борачио

     Нет, нет, клянусь душою,
Она не знала цели разговора,
Но честною была всегда и верной —
Я в этом за нее ручаюсь вам.

Кизил. Кроме того, сударь, хоть это и не занесено в протокол белым по черному, но этот истец и обидчик назвал меня ослом. Прошу вас, пусть это припомнят, когда будут назначать ему наказание. И еще: стража слышала, как они толковали о некоем Фасоне. Говорят, он носит в ухе ключик, а около него локон и просит денег взаймы именем Божиим; и так давно это проделывает, никогда не отдавая долгов, что люди очерствели душой и не хотят больше давать денег взаймы во имя Божие. Прошу вас допросить их по этому пункту.

Леонато. Благодарю тебя за заботу и честный труд.

Кизил. Ваша милость говорит как признательный и почтительный юноша, и я хвалю за вас Бога.

Леонато. Вот тебе за труды.

Кизил. Благослови, Господи, вашу обитель.

Леонато. Ступай. Я снимаю с тебя надзор за арестованными. Благодарю тебя.

Кизил. Поручаю этому отъявленному мерзавцу вашу милость. И прошу вашу милость: примерно накажите себя другим в поучение. Спаси Господи вашу милость. Желаю всякого благополучия вашей милости. Верни вам Бог здоровье. Имею честь уволить себя от вашего присутствия, а коли желательна приятная встреча, так с божьего недозволения. — Идем, сосед!

Уходят Кизил, Булава и протоколист.

Леонато
  Итак, до завтра, господа. Прощайте!
Антонио
  Ждем утром вас. Прощайте, господа.
Дон Педро
  Придем.
Клавдио
    Всю ночь скорбеть о Геро буду.

Уходят дон Педро и Клавдио.

Леонато *(1-му сторожу)*
Ведите их. Допросим Маргариту,
Как с мерзким плутом сблизилась она.

Уходят все в разные стороны.

СЦЕНА ВТОРАЯ

Сад Леонато.
Входят, встречаясь между собой, Бенедикт и Маргарита.

Бенедикт. Прошу тебя, милая Маргарита, сослужи мне службу: помоги мне поговорить с Беатриче.

Маргарита. А вы напишете за это сонет в честь моей красоты?

Бенедикт. В таком высоком стиле, Маргарита, что ни один смертный не дотянется до него. Даю слово, ты вполне заслуживаешь этого.

Маргарита. Чтобы ни один смертный не дотянулся до меня? Неужели же мне век сидеть под лестницей?

Бенедикт. Остроумие у тебя что борзая: сразу хватает.

Маргарита. А ваше похоже на тупую рапиру: попадает, но не ранит.

Бенедикт. Остроумие, подобающее мужчине: не хочет ранить даму. Так прошу тебя, позови Беатриче: я побежден и отдаю тебе щит.

Маргарита. Отдавайте нам мечи, щиты у нас свои найдутся.

Бенедикт. Если вы будете пускать в ход щиты, нам придется прибегнуть к пикам, — а для девушек это небезопасно.

Маргарита. Так я сейчас позову к вам Беатриче. Полагаю, что ноги у нее есть. *(Уходит.)*

Бенедикт. Значит, она придет. *(Поет.)*

О бог любви,
С небес взгляни.

> Ты знаешь, ты знаешь,
> Как слаб и жалок я...

Я подразумеваю: в искусстве пения, потому что в смысле любви ни знаменитый пловец Леандр, ни Троил, первый прибегший к сводникам, ни полный список былых щеголей, чьи имена так плавно катятся по гладкой дороге белых стихов, не терзался любовью так, как я, несчастный. Правда, я на рифмы не мастер: бился, бился — ничего не мог подобрать к «прекрасная дама», кроме «папа и мама», — рифма слишком невинная; к «дорога» — кроме «рога», — рифма слишком опасная; к «мудрец» — кроме «глупец», — рифма слишком глупая. Вообще очень скверные окончания. Нет, я родился не под поэтической планетой и не способен любезничать в торжественных выражениях.

Входит Беатриче.

Милая Беатриче, неужели ты пришла потому, что я позвал тебя?

Беатриче. Да, синьор, и уйду по вашему приказанию.

Бенедикт. О, оставайся до тех пор, пока...

Беатриче. Вы уже сказали «до тех пор», так прощайте. Впрочем, я не уйду, пока не получу того, за чем пришла: что было у вас с Клавдио?

Бенедикт. Кроме бранных слов — ничего. По этому случаю я тебя поцелую.

Беатриче. Слова — ветер, а бранные слова — сквозняк, который вреден; поэтому я уйду без вашего поцелуя.

Бенедикт. Ты не можешь не искажать прямого смысла слов: таково уж твое остроумие. Но я тебе скажу прямо: Клавдио принял мой вызов, и мы должны вскоре с ним встретиться — или я его ославлю трусом. А теперь скажи, пожалуйста: за какой из моих недостатков ты влюбилась в меня?

Беатриче. За все вместе. Они так искусно охраняют в вас владычество дурного, что не допускают никакой хорошей примеси. А теперь я спрошу: какое из моих достоинств заставило вас страдать любовью ко мне?

Бенедикт. Страдать любовью? Отлично сказано: я действительно страдаю любовью, потому что люблю тебя вопреки моей воле.

Беатриче. Значит, вопреки вашему сердцу? Увы, бедное сердце! Но если вы ему противоречите из-за меня, я тоже хочу ему противоречить из-за вас. Я никогда не полюблю того, кого ненавидит мой друг.

Бенедикт. Мы с тобой слишком умны, чтобы любезничать мирно.

Беатриче. Судя по этому признанию, вряд ли: ни один умный человек умом хвалиться не станет.

Бенедикт. Старо, старо, Беатриче: это было верно во времена наших прабабушек. А в наши дни, если человек при жизни не соорудит себе мавзолея, так о нем будут помнить, только пока колокола звонят да вдова плачет.

Беатриче. А сколько же времени это длится, по-вашему?

Бенедикт. Трудно сказать. Думаю, так: часок на громкие рыдания и четверть часика на заплаканные глаза. Поэтому для умного человека — если только ее величество Совесть этому не препятствует — выгоднее всего самому трубить о своих достоинствах, как это и делаю я. Ну, довольно о похвалах мне, который — могу это засвидетельствовать — вполне достоин их. А теперь скажите мне, как себя чувствует ваша кузина?

Беатриче. Очень плохо.

Бенедикт. А вы?

Беатриче. Тоже очень плохо.

Бенедикт. Молитесь Богу, любите меня и старайтесь исправиться. Теперь я с вами прощусь, потому что кто-то спешит сюда.

Входит Урсула.

Урсула. Синьора, пожалуйте скорее к дядюшке. У нас в доме страшный переполох. Выяснилось, что синьору Геро ложно обвинили, принц и Клавдио были обмануты, а виновник всего, дон Хуан, бежал и скрылся. Идите скорее.

Беатриче. Хотите пойти со мной, чтобы узнать, в чем дело?

Бенедикт. Я хочу жить в твоем сердце, умереть у тебя на груди и быть погребенным в твоих глазах; а кроме того, хочу пойти с тобой к твоему дядюшке.

Уходят.

СЦЕНА ТРЕТЬЯ

Церковь.
Входят дон Педро, Клавдио и трое или четверо вельмож с факелами.

Клавдио
Так это — Леонато склеп фамильный?
Один из вельмож
Да, граф.
Клавдио *(читает по свитку)*
«Убитой гнусной клеветой
Прекрасной Геро — здесь могила.
В награду Смерть ее покой
Бессмертной славой озарила,
И жизнь, покрытую стыдом,
Смерть явит в блеске неземном!»
(Прикрепляет свиток к гробнице.)
Вещайте здесь хвалу над нею,
Меж тем как в скорби я немею.
Теперь — торжественный начните гимн.
Песня
Богиня ночи, о, прости
Убийц твоей невинной девы!
К ее могиле принести
Спешим мы скорбные напевы.
Ты, полночь, с нами здесь рыдай,
Наш стон и вздохи повторяй
    Уныло, уныло.

> Могила, милый прах верни!
> Взываем в гробовой сени
> 		Уныло, уныло.

Клавдио

> Спи с миром! Буду я вперед
> Свершать обряд здесь каждый год.

Дон Педро

> Уж близко утро. Факелы гасите.
> Замолкли волки. Первый луч заря
> Пред колесницей Феба шлет. Взгляните:
> Спешит уж день, огнем восток пестря.
> Благодарю вас всех. Ступайте с Богом.

Клавдио

> Прощайте. Расходитесь по домам.

Дон Педро

> Идем. Одежду сменим на другую
> И — к Леонато, где с утра нас ждут.

Клавдио

> Пошли ж нам, Гименей, судьбу иную,
> Чем та, что мы оплакивали тут.

Уходят.

СЦЕНА ЧЕТВЕРТАЯ

Комната в доме Леонато.
Входят Леонато, Антонио, Бенедикт, Беатриче,
Маргарита, Урсула, монах *и* Геро.

Монах

> Я говорил вам, что она невинна!

Леонато

> Как невиновны Клавдио и принц,
> Что по ошибке обвинили Геро.
> Но Маргарита здесь не без вины,
> Хотя и против воли, как нам ясно
> Установил подробнейший допрос.

Антонио

> Я рад, что все окончилось удачно.

Бенедикт
    Я тоже. Иначе я должен был бы
    Сразиться с Клавдио на поединке.
Леонато
    Прекрасно. Дочь моя и все вы, дамы,
    Пока в свои покои удалитесь.
    Когда вас позовут, придите в масках!

            Уходят дамы.

            (К Антонио.)
    И принц и Клавдио мне обещали
    Прийти с утра. Ты знаешь роль свою:
    Племяннице отцом на время станешь
    И Клавдио ее вручишь.
Антонио
    Исполню все с серьезным самым видом.
Бенедикт
    Отец Франциск, мне вас просить придется.
Монах
    О чем, мой сын?
Бенедикт
    Одно из двух: связать иль развязать.
            (К Леонато.)
    Синьор мой, наконец-то на меня
    Взглянула благосклонно Беатриче.
Леонато
    Ей одолжила дочь моя глаза.
Бенедикт
    И я ей отвечаю нежным взглядом.
Леонато
    Которым вы обязаны как будто
    Мне, Клавдио и принцу. В чем же дело?
Бенедикт
    Таит загадку ваш ответ, синьор,
    Но к делу: дело в том, чтоб ваше дело
    Совпало с нашим. Нас соедините
    Сегодня узами святого брака, —
    В чем, брат Франциск, нужна и ваша помощь.

Леонато

Согласен я.

Монах

И я готов помочь вам.
Вот принц и Клавдио.

Входят дон Педро, Клавдио и двое или трое вельмож.

Дон Педро

Приветствую почтенное собранье.

Леонато

Привет, мой принц; и, Клавдио, привет.
Мы ждали вас. Ну что же, вы решились
С племянницей моею обвенчаться?

Клавдио

Согласен, будь она хоть эфиопка.

Леонато

Брат, позови ее; свершим обряд.

Уходит Антонио.

Дон Педро

День добрый, Бенедикт. Но что с тобой?
Ты смотришь февралем: морозом, бурей
И тучами лицо твое мрачится.

Клавдио

Он вспоминает дикого быка.
Смелей, твои рога позолотим мы —
И всю Европу ты пленишь, как встарь
Европу сам Юпитер полонил,
Во образе быка явив свой пыл.

Бенедикт

Тот бык мычать с приятностью привык.
Теленка дал подобный странный бык
Корове вашего отца, и кстати —
По голосу вы брат того теляти.

Входят Антонио и дамы в масках.

Клавдио

Ответ за мной, — сейчас не до того,
Которая ж из дам моя по праву?

Антонио
　　Вот эта; я ее вручаю вам.
Клавдио
　　Она — моя? — Но дайте вас увидеть.
Леонато
　　О нет, пока не поклянетесь вы
　　Перед святым отцом с ней обвенчаться.
Клавдио
　　Давайте ж руку: пред святым отцом —
　　Я ваш супруг, когда вам то угодно.
Геро *(снимая маску)*
　　При жизни — ваша первая жена;
　　И вы — мой первый муж, пока любили.
Клавдио
　　Вторая Геро!
Геро
　　　　　　　　Истинно — вторая.
　　Та умерла с позором, я ж — живая,
　　И так же, как жива, невинна я.
Дон Педро
　　Та Геро! Та, что умерла!
Леонато
　　　　　　　　　　　　　　Она
　　Была мертва, пока злоречье жило.
Монах
　　Я разрешу вам все недоуменья,
　　Когда окончим мы святой обряд,
　　О смерти Геро рассказав подробно.
　　Пока же чуду вы не удивляйтесь
　　И все за мной последуйте в часовню.
Бенедикт
　　Отец, постойте. Кто здесь Беатриче?
Беатриче *(снимает маску)*
　　Я за нее. Что от нее угодно?
Бенедикт
　　Вы любите меня?
Беатриче
　　Не так чтоб очень.

Бенедикт
Так, значит, дядя ваш, и принц, и Клавдио
Обмануты: они клялись мне в том.
Беатриче
Вы любите меня?
Бенедикт
Не так чтоб очень.
Беатриче
Так Геро, Маргарита и Урсула
Обмануты: они клялись мне в том.
Бенедикт
Они клялись, что вы по мне иссохли.
Беатриче
Они клялись, что насмерть влюблены вы.
Бенедикт
Все вздор. Так вы не любите меня?
Беатриче
Нет — разве что как друга... в благодарность...
Леонато
Брось! Поклянись: ты любишь Бенедикта.
Клавдио
Я присягну, что любит он ее.
Вот доказательство — клочок бумаги:
Хромой сонет — его ума творенье —
В честь Беатриче.
Геро
Вот вам и другой,
Украденный у ней, ее рука:
Признанье в нежной страсти к Бенедикту.

Бенедикт. Вот чудеса! Наши руки свидетельствуют против наших сердец. Ладно, я беру тебя; но клянусь дневным светом, беру тебя только из сострадания.

Беатриче. Я не решаюсь вам отказать; но клянусь светом солнца, я уступаю только усиленным убеждениям, чтобы спасти вашу жизнь; ведь вы, говорят, дошли до чахотки.

Бенедикт. Стой! Я зажму тебе рот! *(Целует ее.)*

Дон Педро. Как Бенедикт женатый поживает?

Бенедикт. Вот что я вам скажу, принц: целая коллегия остряков не заставит меня отказаться от моего намерения. Уж не думаете ли вы, что я испугаюсь какой-нибудь сатиры или эпиграммы? Если бы острое слово оставляло следы, мы бы все ходили перепачканные. Короче говоря, раз уж я решил жениться, так и женюсь, хотя бы весь мир был против этого. И нечего трунить над тем, что я прежде говорил другое: человек — существо непостоянное, вот и все. — Что касается тебя, Клавдио, я хотел было тебя поколотить, но раз ты сделался теперь чем-то вроде моего родственника, то оставайся невредим и люби мою кузину.

Клавдио. А я-то надеялся, что ты откажешься от Беатриче: тогда я вышиб бы из тебя дух за такую двойную игру. А теперь, без сомнения, ты будешь ее продолжать, если только кузина не будет хорошенько присматривать за тобой.

Бенедикт. Ладно, ладно, мир! — Давайте-ка потанцуем, пока мы еще не обвенчались: пусть у нас порезвятся сердца, а у наших невест — ноги.

Леонато. Танцевать будете после свадьбы!

Бенедикт. Нет, до свадьбы, клянусь честью! — Эй, музыка! — У вас, принц, унылый вид. Женитесь, женитесь: плох тот посох, у которого нет рога.

Входит гонец.

Гонец
Принц! Дон Хуан, бежавший брат ваш, схвачен.
И приведен под стражею в Мессину.

Бенедикт. Забудем о нем до завтра, а там уж я придумаю ему славное наказание. — Эй, флейты, начинайте!

Танцы.
Уходят все.

Как вам это понравится

*Комедия
в пяти актах*

ДЕЙСТВУЮЩИЕ ЛИЦА

Старый герцог, живущий в изгнании.
Герцог Фредерик, его брат, захвативший его владения.
Амьен }
Жак } вельможи, состоящие при изгнанном герцоге.
Ле-Бо, придворный Фредерика.
Шарль, борец Фредерика.
Оливер }
Жак } сыновья Роланда де Буа.
Орландо }
Адам }
Деннис } слуги Оливера.
Оселок, шут.
Оливер Путаник, священник.
Корин }
Сильвий } пастухи.
Уильям, деревенский парень, влюбленный в Одри.
Лицо, изображающее Гименея.
Розалинда, дочь изгнанного герцога.
Селия, дочь Фредерика.
Феба, пастушка.
Одри, деревенская девушка.
Вельможи, пажи, слуги и прочие.

Место действия — дом Оливера; двор Фредерика;
Арденнский лес.

АКТ I

СЦЕНА ПЕРВАЯ

*Плодовый сад при доме Оливера.
Входят Орландо и Адам.*

Орландо. Насколько я помню, Адам, дело было так: отец мне завещал всего какую-то жалкую тысячу крон, но, как ты говоришь, он поручил моему брату дать мне хорошее воспитание. Вот тут-то и начало всех моих горестей. Брата Жака он отдает в школу, и молва разносит золотые вести о его успехах. А меня он воспитывает дома, по-мужицки, вернее говоря, держит дома без всякого воспитания. В самом деле, разве можно назвать это воспитанием для дворянина моего происхождения? Чем такое воспитание отличается от существования быка в стойле? Лошадей своих он куда лучше воспитывает; не говоря уже о том, что их прекрасно кормят, их еще и учат, объезжают и нанимают для этого за большие деньги наездников. А я, брат его, приобретаю у него разве только рост; да ведь за это скотина, гуляющая на его навозных кучах, обязана ему столько же, сколько я. Он щедро дает мне — ничто; а кроме того, своим обхождением старается отнять у меня и то немногое, что дано мне природой. Он заставляет меня есть за одним столом с его челядью, отказывает мне в месте, подобающем брату, и, как только может, подрывает мое дворянское достоинство таким воспитанием. Вот что меня огорчает, Адам, и дух моего отца, который я чувствую в себе, начинает возмущаться против такого рабства. Я не хочу больше это сносить, хотя еще не знаю, какой найти выход.

Адам. Вот идет мой господин, брат ваш.

Орландо. Отойди в сторону, Адам: ты услышишь, как он на меня накинется.

Входит Оливер.

Оливер. Ну, сударь, что вы тут делаете?

Орландо. Ничего: меня ничего не научили делать.

Оливер. Так что же вы портите в таком случае, сударь?

Орландо. Черт возьми, сударь, помогаю вам портить праздностью то, что создал Господь: нашего бедного, недостойного брата.

Оливер. Черт возьми, сударь, займитесь чем-нибудь получше и проваливайте куда глаза глядят!

Орландо. Прикажете мне пасти ваших свиней и питаться желудями вместе с ними? Какое же это имение блудного сына я расточил, чтобы дойти до такой нищеты!

Оливер. Да вы знаете ли, где вы, сударь?

Орландо. О, сударь, отлично знаю: в вашем саду.

Оливер. А знаете ли вы, перед кем вы стоите?

Орландо. О да, гораздо лучше, чем тот, перед кем я стою, знает меня. Я знаю, что вы мой старший брат, и в силу кровной связи и вам бы следовало признавать меня братом. Обычай народов дает вам передо мной преимущество, так как вы перворожденный; но этот же обычай не может отнять моей крови, хотя бы двадцать братьев стояли между нами! Во мне столько же отцовского, сколько и в вас, хотя, надо сказать правду, вы явились на свет раньше меня, и это дает вам возможность раньше добиться того уважения, на которое имел право наш отец.

Оливер. Что, мальчишка?

Орландо. Потише, потише, старший братец: для этого вы слишком молоды.

Оливер. Ты хочешь руку на меня поднять, негодяй?

Оливер. Я не негодяй, я младший сын Роланда де Буа. Он был отец мой, и трижды негодяй тот, кто смеет сказать, что такой отец произвел на свет негодяя! Не будь ты мой брат, я не отнял бы этой руки от твоей глотки, пока другою не вырвал бы твой язык за такие слова: ты сам себя поносишь!

Адам *(выступив вперед)*. Дорогие господа, успокойтесь; ради вашего покойного отца, помиритесь!

Оливер. Пусти меня, говорят тебе!

Орландо. Не пущу, пока не захочу! Вы должны меня выслушать. Отец завещал вам дать мне хорошее воспитание, а вы обращались со мной как с мужиком: вы душили и уничтожали во мне все качества истинного дворянина. Но дух моего отца крепнет во мне, и я не намерен больше это сносить. Поэтому либо дайте мне заниматься тем, что приличествует дворянину, либо отдайте ту скромную долю, что отец отказал мне по завещанию, и я с ней отправлюсь искать счастье.

Оливер. Что же ты будешь делать? Просить милостыню, когда все промотаешь? Однако довольно, сударь, убирайтесь и не докучайте мне больше: вы получите часть того, что желаете. Прошу вас, оставьте меня.

Орландо. Я не буду докучать вам больше, как только получу то, что нужно мне для моего блага.

Оливер *(Адаму)*. Убирайся и ты с ним, старый пес!

Адам. Старый пес? Так вот моя награда! Оно и правда: я на вашей службе все зубы потерял. Упокой Господи моего покойного господина! Он никогда бы такого слова не сказал.

Орландо и Адам уходят.

Оливер. Вот как? Вы желаете бунтовать? Я вас от этой наглости вылечу, а тысячу золотых все-таки не дам.— Эй, Деннис!

Входит Деннис.

Деннис. Ваша милость звали?

Оливер. Не приходил ли сюда, чтобы переговорить со мной, Шарль, герцогский борец?

Деннис. С вашего позволения, он у дверей дома и добивается, чтобы вы приняли его.

Оливер. Позови его.

Деннис уходит.

Это будет отличный способ... На завтра назначена борьба.

Входит Шарль.

Шарль. Доброго утра вашей милости.

Оливер. Добрейший мсье Шарль, каковы новые новости при новом дворе?

Шарль. При дворе нет никаких новостей, кроме старых, сударь, а именно: что старый герцог изгнан младшим братом, новым герцогом, и что трое или четверо преданных вельмож добровольно последовали за ним в изгнание, а так как их земли и доходы достанутся новому герцогу, то он милостиво и разрешает им странствовать!

Оливер. А не можете ли мне сказать: Розалинда, дочь герцога, также изгнана со своим отцом?

Шарль. О нет! Потому что дочь герцога, ее кузина, так любит ее, что в случае ее изгнания либо последовала бы за ней, либо умерла бы с горя, разлучившись с ней. Розалинда при дворе: дядя любит ее как родную дочь. И никогда еще две женщины так не любили друг друга.

Оливер. Где же будет жить старый герцог?

Шарль. Говорят, он уже в Арденнском лесу и с ним веселое общество: живут они там будто бы, как в старину Робин Гуд английский. Говорят, множество молодых дворян присоединяется к ним каждый день, и время они проводят беззаботно, как, бывало, в золотом веке.

О л и в е р. Вы будете завтра бороться в присутствии нового герцога?

Ш а р л ь. Да, сударь, и как раз по этому делу я пришел поговорить с вами. Мне тайно сообщили, сударь, что ваш младший брат собирается переодетым выйти против меня. Но завтра, сударь, я буду бороться ради моей репутации, и тот, кто уйдет от меня без переломанных костей, может почесть себя счастливым. Ваш брат очень юн. Во имя моей преданности вам — мне будет неприятно уложить его, но во имя моей чести — мне придется сделать это. Из любви к вам я пришел вас предупредить, чтобы вы его отговорили или чтоб уж не пеняли на меня, когда он попадет в беду, — потому что это его добрая воля и совершенно против моего желания.

О л и в е р. Шарль, благодарю тебя за преданность: ты увидишь, что я отплачу тебе за нее по заслугам. Я сам узнал о намерении брата и всякими способами старался помешать ему, но его решимость непоколебима. Скажу тебе, Шарль, это самый упрямый юноша во всей Франции. Он честолюбив, завистлив, ненавидит всех, кто одарен каким-либо достоинством, и тайно и гнусно злоумышляет даже против меня, своего родного брата. Поэтому поступай в данном случае как хочешь. Палец ли ты ему сломаешь, шею ли свернешь — мне все равно. Но смотри берегись: если он отделается только легким повреждением или не добьется славы, победив тебя, он пустит в ход против тебя отраву или заманит тебя в какую-нибудь предательскую ловушку и не успокоится до тех пор, пока так или иначе не лишит тебя жизни. Уверяю тебя — и мне трудно удержаться от слез при этом, — что до сего дня я не встречал никого, кто был бы так молод и уже так коварен. Я еще говорю о нем как брат, но если бы я подробно рассказал тебе, каков он, — о, мне бы пришлось краснеть и плакать, а тебе бледнеть и изумляться.

Шарль. Я сердечно рад, что пришел к вам. Если он выступит завтра против меня, уж я ему заплачу сполна! И если он после этого сможет ходить без посторонней помощи, не выступать мне никогда на арене! А затем — да хранит Бог вашу милость!

Оливер. Прощай, добрый Шарль!

Шарль уходит.

Теперь надо подзадорить этого забияку. Надеюсь, я увижу, как ему придет конец, потому что всей душой — сам не знаю почему — ненавижу его больше всего на свете. А ведь он кроток; ничему не учился, а учен, полон благородных намерений, любим всеми без исключения, всех околдовал и так всем вкрался в сердце — особенно моим людям, — что меня они ни во что не ставят... Но это не будет так продолжаться: борец исправит это. Остается разжечь мальчишку на борьбу — вот этим я теперь и займусь. *(Уходит.)*

СЦЕНА ВТОРАЯ

Лужайка перед дворцом герцога.
Входят Розалинда и Селия.

Селия. Прошу тебя, Розалинда, милая моя сестричка, будь веселей.

Розалинда. Дорогая Селия, я и так изо всех сил стараюсь делать вид, что мне весело; а ты хочешь, чтобы я была еще веселей? Если ты не можешь научить меня, как забыть изгнанного отца, не требуй, чтобы я предавалась особенному веселью.

Селия. Я вижу, что ты не любишь меня так, как я тебя люблю. Если бы мой дядя, твой изгнанный отец, изгнал твоего дядю — герцога, моего отца, а ты все же осталась бы со мной, я приучила бы мою любовь смотреть на твоего отца как на моего; и ты так же поступила бы, если бы твоя любовь ко мне была столь же искренней, как моя к тебе.

Розалинда. Ну хорошо, я забуду о своей судьбе и стану радоваться твоей.

Селия. Ты знаешь, что у моего отца нет других детей, кроме меня, да и вряд ли будут; и, без сомнения, когда он умрет, ты будешь его наследницей, потому что все, что он отнял у твоего отца силой, я верну тебе из любви; клянусь моей честью, верну; и если я нарушу эту клятву, пусть я обращусь в чудовище! Поэтому, моя нежная Роза, моя дорогая Роза, будь весела.

Розалинда. С этой минуты я развеселюсь, сестрица, и буду придумывать всякие развлечения. Да вот... Что ты думаешь, например, о том, чтобы влюбиться?

Селия. Ну что ж, пожалуй, только в виде развлечения. Но не люби никого слишком серьезно, да и в развлечении не заходи слишком далеко — так, чтобы ты могла с честью выйти из испытания, поплатившись только стыдливым румянцем.

Розалинда. Какое же нам придумать развлечение?

Селия. Сядем да попробуем насмешками отогнать добрую кумушку Фортуну от ее колеса, чтобы она впредь равномерно раздавала свои дары.

Розалинда. Хорошо, если бы нам это удалось. А то ее благодеяния очень неправильно распределяются: особенно ошибается эта слепая старушонка, когда дело касается женщин.

Селия. Это верно; потому что тех, кого она делает красивыми, она редко наделяет добродетелью, а добродетельных обыкновенно создает очень некрасивыми.

Розалинда. Нет, тут ты уже переходишь из области Фортуны в область Природы: Фортуна властвует над земными благами, но не над чертами, созданными Природой.

Входит Оселок.

Селия. Неужели? Разве когда Природа создает прекрасное существо, Фортуна не может его заставить упасть в огонь? И хотя Природа дала нам достаточно остроумия, чтобы смеяться над Фортуной, разве Фортуна не прислала сюда этого дурака, чтобы прекратить наш разговор?

Розалинда. Действительно, тут Фортуна слишком безжалостна к Природе, заставляя прирожденного дурака прервать остроумие Природы.

Селия. А может быть, это дело не Фортуны, а Природы, которая, заметив, что наше природное остроумие слишком тупо для того, чтобы рассуждать о таких двух богинях, послала нам этого дурака в качестве оселка; потому что тупость дураков всегда служит точильным камнем для остроумия. — Ну-ка, остроумие, куда держишь путь?

Оселок. Сударыня, вас требует к себе ваш батюшка.

Селия. Тебя сделали послом?

Оселок. Нет, клянусь честью, но мне приказали сходить за вами.

Розалинда. Где ты выучился этой клятве, шут?

Оселок. У одного рыцаря, который клялся своей честью, что пирожки отличные, и клялся своей честью, что горчица никуда не годится; ну а я стою на том, что пирожки никуда не годились, а горчица была отличная. И однако, рыцарь ложной клятвы не давал.

Селия. Как ты это докажешь, при всем твоем огромном запасе учености?

Розалинда. Да-да, сними-ка намордник со своей мудрости.

О с е л о к. Ну-ка, выступите вперед обе; погладьте свои подбородки и поклянитесь своими бородами, что я плут.

С е л и я. Клянемся нашими бородами — как если бы они у нас были, — ты плут.

О с е л о к. Клянусь моим плутовством, что, если бы оно у меня было, я был бы плут. Но ведь если вы клянетесь тем, чего нет, вы не даете ложной клятвы; так же и этот рыцарь, когда он клялся своей честью,— потому что чести у него никогда не было, а если и была, то он всю ее истратил на ложные клятвы задолго до того, как увидал и пирожки и горчицу.

С е л и я. Скажи, пожалуйста, на кого ты намекаешь?

О с е л о к. На человека, которого любит старый Фредерик, ваш отец.

С е л и я. Любви моего отца довольно, чтобы я уважала этого человека. Не смей больше говорить о нем: высекут тебя на днях за дерзкие речи!

О с е л о к. Очень жаль, что дуракам нельзя говорить умно о тех глупостях, которые делают умные люди.

С е л и я. Честное слово, ты верно говоришь: с тех пор как заставили молчать ту маленькую долю ума, которая есть у дураков, маленькая доля глупости, которая есть у умных людей, стала очень уж выставлять себя напоказ. Но вот идет мсье Ле-Бо.

Р о з а л и н д а. У него полон рот новостей.

С е л и я. Сейчас он нас напичкает, как голуби, когда кормят своих птенцов.

Р о з а л и н д а. Тогда мы будем начинены новостями.

С е л и я. Тем лучше, с начинкой мы станем дороже.

Входит Ле-Бо.

Bonjour[1], мсье Ле-Бо. Что нового?

---

[1] Здравствуйте *(фр.)*.

Ле-Бо. Прекрасные принцессы, вы пропустили превосходную забаву.

Селия. Забаву? Какого цвета?

Ле-Бо. Какого цвета, сударыня? Как мне ответить вам?

Розалинда. Как вам позволят остроумие и Фортуна.

Оселок. Или как повелит Рок.

Селия. Хорошо сказано: прямо как лопатой прихлопнул.

Оселок. Ну, если я не стану проявлять свой вкус...

Розалинда. То ты потеряешь свой старый запах.

Ле-Бо. Вы меня смущаете, сударыня. Я хотел вам рассказать о превосходной борьбе, которую вы пропустили.

Розалинда. Так расскажите, как все происходило.

Ле-Бо. Я расскажу вам начало, а если вашим светлостям будет угодно, вы можете сами увидеть конец; ибо лучшее — еще впереди, и кончать борьбу придут именно сюда, где вы находитесь.

Селия. Итак, мы ждем начала, которое уже умерло и похоронено.

Ле-Бо. Вот пришел старик со своими тремя сыновьями...

Селия. Это похоже на начало старой сказки.

Ле-Бо. С тремя славными юношами прекрасного роста и наружности...

Розалинда. С ярлычками на шее: «Да будет ведомо всем и каждому из сих объявлений...»

Ле-Бо. Старший вышел на борьбу с борцом герцога Шарлем. Этот Шарль в одно мгновение опрокинул его и сломал ему три ребра, так что почти нет надежды, что он останется жив. Точно так же он уложил второго и третьего. Они лежат там, а старик отец так сокрушается над ними, что всякий, кто только видит это, плачет от сострадания.

Розалинда. Бедные!

Оселок. Но какую же забаву пропустили дамы, сударь?

Ле-Бо. Как — какую? Именно ту, о которой я рассказываю.

Оселок. Видно, люди с каждым днем все умнее становятся. В первый раз слышу, что ломанье ребер — забава для дам.

Селия. И я тоже, ручаюсь тебе.

Розалинда. Но неужели есть еще кто-нибудь, кто хочет испытать эту музыку на собственных боках? Есть еще охотники до сокрушения ребер? — Будем мы смотреть на борьбу, сестрица?

Ле-Бо. Придется, если вы останетесь здесь: это место назначено для борьбы, и сейчас она начнется.

Селия. Да, действительно, сюда все идут. Ну что ж, останемся и посмотрим.

Трубы.
Входят герцог Фредерик, вельможи, Орландо, Шарль и свита.

Герцог Фредерик. Начинайте. Раз этот юноша не хочет слушать никаких увещаний, пусть весь риск падет на его голову.

Розалинда. Это тот человек?

Ле-Бо. Он самый, сударыня.

Селия. Ах, он слишком молод! Но он смотрит победителем.

Герцог Фредерик. Вот как, дочь и племянница! И вы пробрались сюда, чтобы посмотреть на борьбу?

Розалинда. Да, государь, если вы разрешите нам.

Герцог Фредерик. Вы получите мало удовольствия, могу вас уверить; силы слишком неравны. Из сострадания к молодости вызвавшего на бой я пытался отговорить его, но он не желает слушать никаких увещаний. Поговорите с ним вы: может быть, вам, женщинам, удастся убедить его.

С е л и я. Позовите его, добрый мсье Ле-Бо.

Г е р ц о г Ф р е д е р и к. Да, а я отойду, чтобы не присутствовать при разговоре.

Л е - Б о. Господин борец, принцессы зовут вас.

О р л а н д о. Повинуюсь им почтительно и с готовностью.

Р о з а л и н д а. Молодой человек, это вы вызвали на бой Шарля, борца?

О р л а н д о. Нет, прекрасная принцесса: он сам всех вызывает на бой. Я только, как и другие, хочу помериться с ним силой моей молодости.

С е л и я. Молодой человек, дух ваш слишком смел для ваших лет. Вы видели страшные доказательства силы этого человека. Если бы вы взглянули на себя собственными глазами и оценили своим рассудком, страх перед опасностью посоветовал бы вам взяться за более подходящее дело. Мы просим вас ради себя самого подумать о безопасности и отказаться от этой попытки.

Р о з а л и н д а. Да, молодой человек, ваша репутация не пострадает от этого: мы сами попросим герцога, чтобы борьба не продолжалась.

О р л а н д о. Умоляю вас, не наказывайте меня дурным мнением обо мне. Я чувствую себя очень виноватым, что отказываю хоть в чем-нибудь таким прекрасным и благородным дамам. Но пусть меня в этом поединке сопровождают ваши прекрасные глаза и добрые пожелания, и если я буду побежден, стыдом покроется только тот, кто никогда не был счастлив; если же я буду убит, умрет только тот, кто желает смерти. Друзей моих я не огорчу, потому что обо мне некому плакать. Мир от этого не пострадает, потому что у меня нет ничего в мире. Я в нем занимаю только такое место, которое гораздо лучше будет заполнено, если я освобожу его.

Р о з а л и н д а. Мне хотелось бы отдать вам всю ту маленькую силу, какая у меня есть.

С е л и я. Да и я бы отдала свою в придачу.

Розалинда. В добрый час! Молю небо, чтобы я ошиблась в вас!

Селия. Да исполнятся желания вашего сердца!

Шарль. Ну, где же этот юный смельчак, которому так хочется улечься рядом со своей матерью-землей?

Орландо. Он готов, сударь, но желания его гораздо скромнее.

Герцог Фредерик. Вы будете бороться только до первого падения.

Шарль. Да, уж ручаюсь вашей светлости, так усердно отговаривавшей его от первого, что о втором вам его просить не придется.

Орландо. Если вы надеетесь посмеяться надо мной после борьбы, вам не следует смеяться до нее. Но к делу.

Розалинда. Да поможет тебе Геркулес, молодой человек!

Селия. Я бы хотела быть невидимкой и схватить этого силача за ногу.

Шарль и Орландо борются.

Розалинда. О, превосходный юноша!

Селия. Будь у меня в глазах громовые стрелы, уж я знаю, кто лежал бы на земле.

Шарль падает. Радостные крики.

Герцог Фредерик. Довольно, довольно!

Орландо. Нет, умоляю вашу светлость, — я еще не разошелся.

Герцог Фредерик. Как ты себя чувствуешь, Шарль?

Ле-Бо. Он не в состоянии говорить, ваша светлость.

Герцог Фредерик. Унесите его.

Шарля уносят.

Как твое имя, молодой человек?

Орландо. Орландо, государь; я младший сын Роланда де Буа.

Герцог Фредерик

О если б ты другого сыном был!
Все твоего отца высоко чтили,
Но я всегда в нем находил врага.
Ты больше б угодил мне этим делом,
Происходи ты из другой семьи.
Но все ж будь счастлив. Ты — хороший малый.
Когда б ты мне назвал отца другого!

Герцог Фредерик, свита и Ле-Бо уходят.

Селия

Могла ли б так я поступить, сестрица?

Орландо

Будь я на месте моего отца?
Горжусь я тем, что я Роланда сын.
Пусть младший! Не сменил бы это имя,
Хотя б меня усыновил сам герцог.

Розалинда

Роланда мой отец любил как душу, —
Все разделяли эти чувства с ним.
Знай раньше я, что это сын его,
Прибавила б к своим мольбам я слезы,
Чтоб он не рисковал собой!

Селия

       Сестрица,
Пойдем, его ободрим добрым словом.
Завистливый и злобный нрав отца
Мне сердце ранит.

(К Орландо.)

      Как вы отличились!
Когда в любви так держите вы слово,
Как здесь все обещанья превзошли,
То счастлива подруга ваша.

Розалинда

       Сударь,
Прошу, возьмите это и носите
На память обо мне, судьбой гонимой.

(Сняв с шеи цепь, передает ему.)

Дала б я больше вам, имей я средства. —
Пойдем, сестра.

Селия

Пойдем. — Прощайте, сударь.

Орландо

Как благодарность выражу? Исчезли
Способности мои, а здесь остался
Немой чурбан, безжизненный обрубок.

Розалинда

Он нас зовет?..
Со счастием моим ушла и гордость.
Спрошу, что он хотел. — Вы звали, сударь?
Боролись славно вы и победили
Не одного врага.

Селия

Идем, сестра?

Розалинда

Иду, иду. — Прощайте.

Розалинда и Селия уходят.

Орландо

Каким волненьем скован мой язык!
Я онемел; она же вызывала
На разговор. Погиб Орландо бедный:
Не силою, так слабостью сражен ты.

Входит Ле-Бо.

Ле-Бо

Любезнейший, дам вам совет по дружбе —
Уйти скорей. Хотя вы заслужили
Хвалу, и одобренье, и любовь,
Но герцог в настроении таком,
Что плохо он толкует ваш поступок.
Упрям наш герцог, а каков он нравом —
Приличней вам понять, чем мне сказать.

Орландо

Благодарю вас, сударь. Но скажите:
Которая — дочь герцога из дам,
Здесь на борьбу смотревших?

Ле-Бо

Судя по нраву, ни одна из них;
На деле ж та, что меньше, дочь его,
Другая — дочь им изгнанного брата.
Здесь задержал ее захватчик-дядя
Для дочери своей; а их любовь
Нежней родных сестер природной связи,
Но я скажу вам: герцог начинает
Питать к своей племяннице немилость,
Основанную только лишь на том,
Что весь народ достоинства в ней видит
И из-за доброго отца жалеет.
Ручаюсь жизнью: гнев против нее
Внезапно может вспыхнуть... Но прощайте:
Надеюсь встретить вас в условьях лучших
И дружбы и любви у вас просить.

Орландо

Я вам весьма признателен; прощайте.

Ле-Бо уходит.

Так все равно я попаду в капкан:
Тиран ли герцог или брат — тиран...
О, ангел Розалинда!

(Уходит.)

СЦЕНА ТРЕТЬЯ

Комната во дворце.
Входят Селия и Розалинда.

Селия. Ну, сестра, ну, Розалинда! Помилуй нас, Купидон! Ни слова?

Розалинда. Ни одного, чтобы бросить на ветер.

Селия. Нет, твои слова слишком драгоценны, чтобы тратить их даром; но брось хоть несколько слов мне; ну, сокруши меня доводами рассудка.

Розалинда. Тогда обе сестры погибнут: одна будет сокрушена доводами рассудка, а другая лишится рассудка без всяких доводов.

Селия. И все это из-за твоего отца?

Розалинда. Нет, кое-что из-за дочери моего отца. О, сколько терний в этом будничном мире!

Селия. Нет, это простые репейники, сестрица, брошенные на тебя в праздничном дурачестве; когда мы не ходим по проторенным дорогам, они цепляются к нашим юбкам.

Розалинда. С платья я легко стряхнула б их, но колючки попали мне в сердце.

Селия. Сдуй их прочь.

Розалинда. Я попыталась бы, если бы мне стоило только дунуть, чтобы получить этого юношу.

Селия. Полно, полно, умей бороться со своими чувствами.

Розалинда. О, они стали на сторону лучшего борца, чем я.

Селия. Желаю тебе успеха. Когда-нибудь ты поборешься с ним, и он еще положит тебя на обе лопатки. Но шутки в сторону — поговорим серьезно: возможно ли, чтобы ты сразу вдруг почувствовала такую пылкую любовь к младшему сыну старого Роланда?

Розалинда. Герцог, отец мой, любил его горячо.

Селия. Разве из этого следует, что ты должна горячо любить его сына? Если так рассуждать, то я должна его ненавидеть, потому что мой отец горячо ненавидел его отца. Однако я Орландо не ненавижу.

Розалинда. Нет, ты не должна его ненавидеть ради меня.

Селия. За что мне его ненавидеть? Разве он не выказал своих достоинств?

Розалинда. Дай мне любить его за это, а ты люби его потому, что я его люблю. Смотри, сюда идет герцог.

Селия. Как гневно он глядит!

Входят герцог Фредерик и вельможи.

Герцог Фредерик
Сударыня, спешите удалиться
От нашего двора.
Розалинда
Я, дядя?
Герцог Фредерик
Да!
И если через десять дней ты будешь
Не дальше, чем за двадцать миль отсюда,
То смерть тебе.
Розалинда
Молю я вашу светлость:
Позвольте мне в дорогу взять с собой
Сознание того, в чем я виновна.
Когда сама себя я вопрошаю
И ясно сознаю свои желанья, —
Коль я не сплю и не сошла с ума
(Чего, надеюсь, нет), — то, милый дядя,
Я никогда и нерожденной мыслью
Не оскорбляла вас.
Герцог Фредерик
Язык измены!
Когда б слова служили очищеньем!
Изменники всегда святых невинней.
Достаточно, что я тебе не верю.
Розалинда
Меня не может подозренье сделать
Изменницей. Скажите, в чем измена?
Герцог Фредерик
Дочь своего отца ты — и довольно.
Розалинда
Я дочерью его была в то время,
Когда отца с престола вы свергали;
Я дочерью его была в то время,

Когда отца послали вы в изгнанье.
Измена нам в наследство не дается.
А если б даже это было так,
То мой отец изменником ведь не был.
Не будьте ж так ко мне несправедливы:
В несчастье я изменницей не стала.

Селия

Мой государь, послушайте меня...

Герцог Фредерик

Да, я ее из-за тебя оставил,
Иначе б ей пришлось с отцом скитаться.

Селия

Я не просила вас ее оставить, —
То были ваша воля, ваша жалость:
Дитя — я не могла ценить ее.
Теперь же оценила; коль она
Изменница, я тоже; с нею вместе
Мы спали, и учились, и играли:
Где б ни было, как лебеди Юноны,
Мы были неразлучною четой.

Герцог Фредерик

Она хитрей тебя! Вся эта кротость,
И самое молчанье, и терпенье
Влияют на народ: ее жалеют.
Глупа ты! Имя у тебя ворует
Она: заблещешь ярче и прекрасней
Ты без нее. Не размыкай же уст:
Неколебим и тверд мой приговор;
Я так сказал — она идет в изгнанье.

Селия

Приговори к тому же и меня,
Мой государь: жить без нее нет сил.

Герцог Фредерик

Глупа ты! — Ну, племянница, сбирайтесь;
Пропустите вы срок — порукой честь
И слов моих величье, — вы умрете.

Герцог Фредерик и свита уходят.

Селия

О бедная сестра! Куда пойдешь ты?
Ну, хочешь, поменяемся отцами?
Прошу тебя, не будь грустней меня.

Розалинда

Причин есть больше у меня.

Селия

Нет-нет!
Утешься. Знаешь, он изгнал меня,
Родную дочь.

Розалинда

Он этого не сделал.

Селия

Нет? Значит, в Розалинде нет любви,
Чтоб научить тебя, что мы — одно.
Нас разлучить? Нам, милая, расстаться?
Пусть ищет он наследницу другую.
Давай же думать, как нам убежать,
Куда идти и что нам взять с собой.
Не пробуй на себя одну взвалить
Несчастий бремя, отстранив меня.
Клянусь я небом, побледневшим с горя;
Что хочешь говори — пойду с тобой.

Розалинда

Куда же нам идти?

Селия

В Арденнский лес, на поиски, за дядей.

Розалинда

Увы! Но как нам, девушкам, опасно
Одним пускаться в путь! Ведь красота
Сильней, чем золото, влечет воров.

Селия

Оденусь я в убогие лохмотья
И темной краской вымажу лицо,
Ты тоже: так идти спокойно будет;
Никто на нас не нападет.

Розалинда

                     Не лучше ль
Так сделать нам: я ростом не мала;
В мужское платье я переоденусь!
Привешу сбоку я короткий меч,
Рогатину возьму: тогда пусть в сердце
Какой угодно женский страх таится —
Приму я вид воинственный и наглый,
Как многие трусливые мужчины,
Что робость прикрывают смелым видом.

Селия

Как звать тебя, когда мужчиной станешь?

Розалинда

Возьму не хуже имя, чем пажа
Юпитера, и буду — Ганимедом.
А как мне звать тебя?

Селия

Согласно положенью моему:
Не Селией я буду — Алиеной[1].

Розалинда

А что, сестра, не попытаться ль нам
Сманить шута придворного с собой?
Он мог бы нам в дороге пригодиться.

Селия

Со мною на край света он пойдет:
Я с ним поговорю. Собрать нам надо
Все наши драгоценности и деньги
И выбрать час и путь побезопасней,
Чтоб нам с тобой погони избежать.
Теперь — готовься радостно к уходу:
Идем мы не в изгнанье — на свободу.

                     Уходят.

---

[1] Aliena — чужая *(лат.)*.

АКТ II

СЦЕНА ПЕРВАЯ

Арденнский лес.
Входят старый герцог, Амьен и другие вельможи,
одетые охотниками.

Старый герцог

Ну что ж, друзья и братья по изгнанью!
Иль наша жизнь, когда мы к ней привыкли,
Не стала много лучше, чем была
Средь роскоши мишурной? Разве лес
Не безопаснее, чем двор коварный?
Здесь чувствуем мы лишь Адама кару —
Погоды смену: зубы ледяные
Да грубое ворчанье зимних ветров,
Которым, коль меня грызут и хлещут,
Дрожа от стужи, улыбаюсь я:
«Не льстите вы!» Советники такие
На деле мне дают понять, кто я.
Есть сладостная польза и в несчастье:
Оно подобно ядовитой жабе,
Что ценный камень в голове таит.
Находит наша жизнь вдали от света
В деревьях — речь, в ручье текучем — книгу,
И проповедь — в камнях, и всюду — благо.
Я б не сменил ее!

Амьен

              Вы, ваша светлость,
Так счастливо переводить способны
На кроткий, ясный лад судьбы суровость.

Старый герцог

Но не пойти ль нам пострелять оленей?
Хоть мне и жаль беднягам глупым, пестрым,
Природным гражданам сих мест пустынных,
Средь их владений стрелами пронзать
Округлые бока!

Первый вельможа

Так, ваша светлость,
И меланхолик Жак о том горюет,
Клянясь, что здесь вы захватили власть
Неправедней, чем вас изгнавший брат.
Сегодня мы — мессир Амьен и я —
К нему подкрались: он лежал под дубом,
Чьи вековые корни обнажились
Над ручейком, журчащим здесь в лесу.
Туда бедняга раненый олень
Один, стрелой охотника пронзенный,
Пришел страдать; и, право, государь,
Несчастный зверь стонал так, что казалось,
Вот-вот его готова лопнуть шкура
С натуги! Круглые большие слезы
Катились жалобно с невинной морды
За каплей капля; так мохнатый дурень,
С которого Жак не сводил очей,
Стоял на берегу ручья, слезами
В нем умножая влагу.

Старый герцог

Ну, а Жак?
Не рассуждал ли он при этом виде?

Первый вельможа

На тысячу ладов. Сперва о том,
Что в тот ручей без пользы льет он слезы.
«Бедняк, — он говорил, — ты завещаешь
(Как часто — люди) тем богатство, кто
И так богат!» Затем — что он один,
Покинут здесь пушистыми друзьями.
«Так! — он сказал. — Беда всегда разгонит

Приток друзей!» Когда ж табун оленей
Беспечных, сытых вдруг промчался мимо
Без всякого вниманья, он воскликнул:
«Бегите мимо, жирные мещане!
Уж так всегда ведется; что смотреть
На бедного, разбитого банкрота?»
И так своею меткою сатирой
Он все пронзал: деревню, город, двор
И даже нашу жизнь, клянясь, что мы
Тираны, узурпаторы и хуже
Зверей — пугая, убивая их
В родных местах, им отданных природой.

Старый герцог

Таким вы и оставили его?

Второй вельможа

Да, государь, — в раздумье и в слезах
Над плачущим оленем!

Старый герцог

Где то место?
Люблю поспорить с ним, когда угрюм он:
Тогда кипит в нем мысль.

Первый вельможа

Я вас к нему сведу.

Уходят.

СЦЕНА ВТОРАЯ

Зал во дворце.
Входят герцог Фредерик и вельможи.

Герцог Фредерик

Возможно ли, чтоб их никто не видел?
Не может быть! Среди моих придворных
Злодеи-укрыватели нашлись.

Первый вельможа

Не слышно, чтобы видел кто ее.
Придворные прислужницы, принцессу

На отдых проводив, нашли наутро
Сокровища лишенную постель.
Второй вельможа
Мой государь, тот жалкий шут, что часто
Вас заставлял смеяться, тоже скрылся.
Гисперия, прислужница принцессы,
Созналась, что подслушала тайком,
Как ваша дочь с племянницей хвалили
И доблести и красоту борца,
Что Шарля-силача сразил недавно.
Ей кажется, — где б ни были они, —
Что этот юноша, наверно, с ними.
Герцог Фредерик
Послать за ним! И привести красавца!
А нет его — так старшего сюда:
Уж братца разыскать заставлю!.. Мигом!
Не прекращайте сыска и расспросов,
Пока беглянок глупых не вернем!

Уходят.

СЦЕНА ТРЕТЬЯ

Перед домом Оливера.
Входят Адам и Орландо с разных сторон.

Орландо
Кто здесь?
Адам
Как? Молодой мой господин? О добрый,
О милый господин! Портрет Роланда
Почтенного! Зачем вы здесь? Зачем
Вы добродетельны? Зачем вас любят?
Зачем вы кротки, сильны и отважны?
Зачем стремились победить борца
Пред своенравным герцогом? Хвала
Опередила слишком быстро вас.
Вы знаете, есть род людей, которым
Их доблести являются врагами.

Вот так и вы: достоинства все ваши —
Святые лишь предатели для вас.
О, что за мир, где добродетель губит
Тех, в ком она живет!

Орландо

Да что случилось?

Адам

Юноша несчастный!
О, не входи сюда: под этой кровлей
Живет твоих достоинств злейший враг.
Ваш брат — нет-нет, не брат... но сын... нет-нет:
Нет сил сказать, что это сын того,
Кого его отцом хотел назвать я, —
Узнал про подвиг ваш и этой ночью
Решил он вашу комнату поджечь
И сжечь вас в ней. Коль это не удастся,
Он как-нибудь иначе сгубит вас!
Подслушал я все замыслы его.
Не место здесь вам; тут не дом, а бойня,
Бегите, бойтесь, не входите в дом.

Орландо

Как? Но куда ж деваться мне, Адам?

Адам

О, все равно, лишь здесь не оставайтесь.

Орландо

Что ж мне — идти просить на пропитанье?
Презренной шпагой добывать доходы
На столбовой дороге грабежом?..
Так поступить? Иначе что ж мне делать?
Нет! Ни за что не стану: будь что будет;
Скорей согласен, чтоб меня сгубили
Кровавый брат и извращенье крови.

Адам

Нет-нет! Есть у меня пять сотен крон:
Я их при вашем батюшке скопил,
Берег, чтобы они меня кормили,
Когда в работе одряхлеют члены
И старика с презреньем в угол бросят.

Возьмите. Тот, кто воронов питает
И посылает пищу воробью,
Мою поддержит старость! Вот вам деньги:
Все вам даю... Позвольте мне служить вам:
Я с виду стар, но силен и здоров.
Я с юности себе не портил крови
Отравой возбуждающих напитков,
И никогда бесстыдно я не гнался
За тем, что разрушает нас и старит.
Мне старость — как здоровая зима:
Морозна, но бодра. Меня с собою
Возьмите: буду вам, как молодой,
Служить во всех делах и нуждах ваших.

Орландо

О добрый мой старик! В тебе пример
Той честной, верной службы прежних лет,
Когда был долгом труд, а не корыстью.
Для нынешних времен ты не годишься:
Теперь ведь трудятся все для награды;
А лишь ее получат — и конец
Всему усердию. Ты не таков;
Но дерево плохое выбрал ты:
Оно тебе плодов не принесет
За все твои труды, за все заботы.
Ну, будь по-твоему: пойдем же вместе —
И раньше, чем истратим твой запас,
Найдется скромный угол и для нас.

Адам

Идем, мой господин: тебе повсюду
Служить до смерти верой, правдой буду.
В семнадцать лет вошел я в эту дверь;
Мне семьдесят — я ухожу теперь.
В семнадцать лет как счастья не искать?
Но в семьдесят поздненько начинать.
А мне бы только — мирную кончину
Да знать, что долг вернул я господину.

Уходят.

СЦЕНА ЧЕТВЕРТАЯ

Арденнский лес.
Входят Розалинда под видом Ганимеда, Селия под видом Алиены и Оселок.

Розалинда. О Юпитер!.. Как устала моя душа!

Оселок. До души мне мало дела, лишь бы ноги не устали.

Розалинда. Я готова опозорить мой мужской наряд и расплакаться как женщина... Но я должна поддерживать более слабое создание: ведь камзол и штаны обязаны проявлять свою храбрость перед юбкой; и потому — мужайся, милая Алиена!

Селия. Простите... вам придется выносить мою слабость: я не в состоянии идти дальше!

Оселок. Что до меня, то я скорей готов выносить вашу слабость, чем носить вас самих. Хотя, пожалуй, если бы я вас нес, груз был бы не очень велик: потому что, мне думается, в кошельке у вас нет ни гроша.

Розалинда. Ну вот мы и в Арденнском лесу!

Оселок. Да, вот и я в Арденнском лесу; и как был — дурак дураком, если не глупее: дома был я в лучшем месте. Но путешественники должны быть всем довольны.

Розалинда. Да, будь доволен, добрый Оселок... Смотрите, кто идет сюда? Молодой человек и старик, занятые, видно, важным разговором!

Входят Корин и Сильвий.

Корин
  Вот способ в ней усилить к вам презренье.
Сильвий
  Когда б ты знал, как я ее люблю!
Корин
  Могу понять: я сам любил когда-то...
Сильвий
  О нет, ты стар, и ты понять не можешь,
  Хотя бы в юности ты был вернейшим
  Из всех, кто вздохи посылал к Луне.

Но будь твоя любовь моей подобна —
Хоть никогда никто так не любил! —
То сколько же поступков сумасбродных
Тебя любовь заставила б свершить?

Корин

Да с тысячу; но все уж позабыл я.

Сильвий

О, значит, не любил ты никогда!
Коль ты не помнишь сумасбродств нелепых,
В которые любовь тебя ввергала, —
Ты не любил.
Коль слушателей ты не утомлял, —
Хваля возлюбленную так, как я, —
Ты не любил.
Коль от людей не убегал внезапно,
Как я сейчас, гоним своею страстью, —
Ты не любил.
О Феба, Феба, Феба!

Уходят.

Розалинда

Увы, пастух! Твою больную рану
Исследуя, я на свою наткнулась.

Оселок. А я на свою. Помню, еще в те времена, когда я был влюблен, я разбил свой меч о камень в наказание за то, что он повадился ходить по ночам к Джен Смайль. Помню, как я целовал ее валек и коровье вымя, которое доили ее хорошенькие потрескавшиеся ручки; помню тоже, как я ласкал и нежил гороховый стручок вместо нее, потом вынул из него две горошинки и, обливаясь слезами, отдал их ей и сказал: «Носи их на память обо мне». Да, все мы, истинно влюбленные, способны на всевозможные дурачества, но, так как в природе все смертно, все влюбленные по природе своей — смертельные дураки!

Розалинда. Ты говоришь умнее, чем полагаешь.

Оселок. Да, я никак не замечаю собственного ума, пока не зацеплюсь о него и не переломаю себе ноги.

Розалинда
  В его любви — о Боже! —
  Как все с моею схоже!
Оселок. Да и с моей, хоть она выдохлась.
Селия
  Спроси, дружок мой, старика, не даст ли
  За деньги нам чего-нибудь поесть?
  Иначе я умру.
Оселок
             Эй ты, осел!
Розалинда
  Молчи! Тебе он не родня.
Корин
             Кто звал?
Оселок
  Кто малость познатней тебя.
Корин
             Надеюсь!
  Иначе бы я пожалел его.
Розалинда
  Молчи, я говорю! — Привет, приятель!
Корин
  И вам, мой добрый господин, привет.
Розалинда
  Прошу, пастух: из дружбы иль за деньги —
  Нельзя ли здесь в глуши достать нам пищи?
  Сведи нас, где бы нам приют найти:
  Вот девушка — измучена дорогой,
  От голода без сил.
Корин
             Как жаль ее!
  Не для себя, а для нее хотел бы
  Богаче быть, чтоб как-нибудь помочь ей,
  Но я пастух наемный у другого:
  Не я стригу овец, пасомых мной.
  Хозяин мой скупого очень нрава,
  Он не стремится к небу путь найти
  Делами доброго гостеприимства.

К тому ж его стада, луга и дом
Идут в продажу. Без него в овчарнях
У нас запасов нету никаких,
Чтоб угостить вас. Но, что есть, посмотрим;
А я душевно буду рад гостям.

Розалинда

Кто ж покупщик его лугов и стад?

Корин

Тот человек, что был сейчас со мною,
Хотя ему сейчас не до покупок.

Розалинда

Прошу тебя: коль это не бесчестно —
Не купишь ли ты сам всю эту ферму?
А мы тебе дадим на это денег.

Селия

И жалованья мы тебе прибавим.
Здесь хорошо: я жить бы здесь хотела.

Корин

Конечно, эта мыза продается.
Пойдем со мной: коль вам по сердцу будет
Рассказ о почве и доходах здешних,
Я буду верным скотником для вас
И вам куплю все это хоть сейчас.

Уходят.

СЦЕНА ПЯТАЯ

Лес.

Входят Амьен, Жак и другие.

Амьен *(поет)*

Под свежею листвою
Кто рад лежать со мною,
Кто с птичьим хором в лад
Слить звонко песни рад, —
К нам просим, к нам просим, к нам просим.
В лесной тени

              Враги одни —
              Зима, ненастье, осень.

Жак. Еще, еще, прошу тебя, еще!

Амьен. Эта песня наведет на вас меланхолию, мсье Жак!

Жак. За это я буду только благодарен. Спой еще, прошу тебя, спой! Я умею высасывать меланхолию из песен, как ласточка высасывает яйца. Еще, прошу тебя!

Амьен. У меня хриплый голос; я знаю, что не могу угодить вам.

Жак. Я не хочу, чтобы вы мне угождали, я хочу, чтобы вы пели. Ну, еще один станс, — ведь вы так их называете, кажется?

Амьен. Как вам будет угодно, мсье Жак.

Жак. Мне все равно, как они называются: ведь они мне ничего не должны. Будете вы петь или нет?

Амьен. Скорее по вашей просьбе, чем для собственного удовольствия.

Жак. Отлично! Если я когда-нибудь кого-нибудь поблагодарю, так это вас. Но то, что люди называют комплиментами, похоже на встречу двух обезьян, а когда кто-нибудь меня сердечно благодарит, мне кажется, что я подал ему грош, а он мне за это кланяется, как нищий. Ну, пойте; а вы, если не желаете петь, придержите языки.

Амьен. Ну хорошо, я окончу песню. — А вы, господа, приготовьте тем временем все, что надо: герцог придет пообедать под этими деревьями. — Он вас целый день разыскивал.

Жак. А я целый день скрывался от него. Он слишком большой спорщик для меня; я думаю, мыслей у меня не меньше, чем у него, но я благодарю за них небо и не выставляю их напоказ. Ну, начинайте чирикать!

Все *(поют хором)*

              В ком честолюбья нет,
              Кто любит солнца свет,

Сам ищет, что поесть,
Доволен всем, что есть, —
К нам просим, к нам просим, к нам просим.
В лесной тени
Враги одни —
Зима, ненастье, осень.

Жак. А я прибавлю вам куплет на этот же мотив, я сочинил его вчера, несмотря на полное отсутствие у меня стихотворной изобретательности.

Амьен. А я его спою.

Жак. Вот он:
Кому же блажь пришла
Разыгрывать осла,
Презрев в глуши лесной
Богатство и покой, —
Декдем, декдем, декдем, —
Здесь он найдет
Глупцов таких же сброд.

Амьен. Что это значит — декдем?

Жак. Это греческое заклинание, чтобы заманивать дураков в заколдованный круг. Ну, пойду посплю, если удастся. А если не смогу, то буду ругать всех перворожденных Египта.

Амьен. А я пойду за герцогом: угощение ему приготовлено.

Уходят в разные стороны.

СЦЕНА ШЕСТАЯ

Лес.
Входят Орландо и Адам.

Адам. Дорогой мой господин, я не могу идти дальше. Я умираю с голоду! Лягу здесь да отмерю себе могилу. Прощайте, мой добрый господин.

Орландо. Как, Адам? Только-то в тебе мужества? Поживи немножко, подбодрись немножко, развеселись немножко! Если в этом диком лесу есть хоть какой-нибудь дикий зверь, — либо я пойду ему на съеденье, либо принесу его на съедение тебе. Твое воображение ближе к смерти, чем твои силы. Ради меня будь бодрее! Некоторое время еще не подпускай к себе смерть, я скоро возвращусь; и если я не принесу тебе чего-нибудь поесть, тогда позволю тебе умереть: если ты умрешь раньше, чем я вернусь, значит, ты посмеешься над моими стараниями. Отлично! Вот ты и повеселел. А я скоро буду опять здесь. Но ты лежишь на холодном ветру. Дай, я отнесу тебя в какое-нибудь защищенное место, и, если в этой пустыне есть хоть одно живое существо, ты не умрешь от недостатка пищи. Веселей, мой добрый Адам!

Уходят.

СЦЕНА СЕДЬМАЯ

Лес.
Накрытый стол.

Входят старый герцог, Амьен и вельможи-изгнанники.

Старый герцог
Должно быть, сам он в зверя превратился.
Его в людском я виде не нашел.
Первый вельможа
Он только что ушел, мой государь:
Был весел он и слушал нашу песню.
Старый герцог
Он? Воплощенье диссонанса стал
Вдруг музыкантом? Будет дисгармонья
В небесных сферах!.. Но пойди за ним:
Скажи, что с ним поговорить хочу я.
Первый вельможа
Он от труда меня избавил: вот он!..

Входит Жак.

Старый герцог
 Что ж это, сударь? Что за образ жизни?
 Друзья должны о встречах вас молить...
 Но что это — я вижу вас веселым?..
Жак
 Шут! Шут! Сейчас в лесу шута я встретил!
 Да, пестрого шута! О, жалкий мир!..
 Вот как живу я — пищею шута!
 Лежал врастяжку и, на солнце греясь,
 Честил Фортуну в ловких выраженьях,
 Разумных, метких-этот пестрый шут.
 «Здорово, шут!» А он мне: «Не зовите
 Меня шутом — пока богатства небо
 Мне не послало!» Тут часы он вынул
 И, мутным взглядом посмотрев на них,
 Промолвил очень мудро: «Вот уж десять!
 Тут видим мы, как движется весь мир.
 Всего лишь час прошел, как было девять,
 А час пройдет — одиннадцать настанет;
 Так с часу и на час мы созреваем,
 А после с часу и на час — гнием.
 Вот и весь сказ». Когда я услыхал,
 Как пестрый шут про время рассуждает,
 То у меня в груди запел петух
 О том, что столько мудрости в шутах;
 И тут смеялся я без перерыва
 Час по его часам. О, славный шут!
 Достойный шут! Нет лучше пестрой куртки!
Старый герцог
 Кто ж этот шут?
Жак
 Почтенный шут! Он, видно, был придворным.
 Он говорит, что дамы обладают,
 Коль молоды и хороши они,
 Талантом это знать. В его мозгу,
 Сухом, как не доеденный в дороге
 Сухарь, есть очень много странных мест,

Набитых наблюденьями: пускает
Он их вразбивку... О! Будь я шутом!
Я жду как чести пестрого камзола!

Старый герцог

И ты его получишь.

Жак

               Он к лицу мне:
Но только с тем, чтоб вырвали вы с корнем
Из головы засевшее в ней мненье,
Что я умен, и дали мне притом
Свободу, чтоб я мог, как вольный ветер,
Дуть на кого хочу — как все шуты,
А те, кого сильнее я царапну,
Пускай сильней смеются. Почему же?
Да это ясно, как дорога в церковь:
Тот человек, кого обидит шут,
Умно поступит, как ему ни больно, —
Вся глупость умника раскрыта будет
Случайной шутовской остротой.
Оденьте в пестрый плащ меня! Позвольте
Всю правду говорить — и постепенно
Прочищу я желудок грязный мира,
Пусть лишь мое лекарство он глотает.

Старый герцог

Фу! Я скажу, что стал бы делать ты...

Жак

Хоть об заклад побьюсь, — что, кроме пользы?

Старый герцог

Творил бы тяжкий грех, грехи карая.
Ведь ты же сам когда-то был развратным
И чувственным, как похотливый зверь:
Все язвы, все назревшие нарывы,
Что ты схватил, гуляя без помехи,
Ты все бы изрыгнул в широкий мир.

Жак

Нет! Гордость кто хулит —
Корит ли этим он людей отдельных?

И гордость не вздымается ль, как море,
Пока сама, уставши, не отхлынет?
Какую же из женщин я назвал,
Сказав, что наши горожанки часто
Наряды княжеские надевают
На тело недостойное свое?
Которая из них себя узнает,
Когда ее соседка такова же?
И скажет ли последний человек,
Что, мол, не я ему купил наряды,
Подумавши, что целюсь я в него,
И тем свою мне подставляя глупость?
Ну что? Ну как? Скажите же, прошу,
Чем я его обидел? Коль он плох,
Он сам себя обидел; коль невинен,
То мой укор летит, как дикий гусь —
Совсем ничей. — Но кто сюда идет?

Входит Орландо с обнаженным мечом.

Орландо
Стойте! Довольно есть!
Жак
Да я не начал...
Орландо
И не начнешь, пока нужда не будет
Насыщена!
Жак
Что это за петух?
Старый герцог
С отчаянья ль ты взял такую смелость
Иль вежливость так грубо презираешь,
Что нет в тебе приличия ни капли?
Орландо
Вы сразу в цель попали! Острый шип
Отчаянной нужды меня лишил
Приличья внешнего: хоть не дикарь я

И кое-как воспитан... Но — еще раз:
Смерть первому, кто съест хотя б кусок,
Пока я не возьму то, что мне нужно!

Жак. Пусть я умру, если мы не уладим дело разумно.

Старый герцог

Что нужно вам? Скорее ваша кротость
Принудит нас, чем ваше принужденье
В нас кротость вызовет.

Орландо

                  Я умираю
От недостатка пищи: есть мне дайте!

Старый герцог

Садитесь, кушайте, прошу за стол.

Орландо

Какие добрые слова! Простите:
Я думал — все здесь диким быть должно,
И потому взял резкий тон приказа.
Но кто б вы ни были, что здесь сидите
В тени задумчивых деревьев этих,
В местах пустынных, диких, расточая
Небрежно так часов ползущий ход, —
О, если вы дни лучшие знавали,
Когда-нибудь слыхали звон церковный,
Когда-нибудь делили пищу с другом,
Когда-нибудь слезу смахнули с глаз,
Встречали жалость и жалели сами, —
Пусть ваша кротость будет мне поддержкой;
В надежде той, краснея, прячу меч.

Старый герцог

Да, правда, мы дни лучшие знавали:
Мы слышали когда-то звон церковный,
Делили трапезу друзей и с глаз
Стирали слезы жалости священной;
А потому садитесь к нам как друг
И что угодно, все себе берите,
Что только может вам помочь в нужде.

Орландо

Тогда помедлить вас прошу немного;
Пойду, как лань за сосунком своим.
Со мной старик несчастный; из любви
Ко мне он путь мучительный проделал;
Пока не подкрепится он, ослабший
От двух недугов — голода и лет,
Не трону я куска.

Старый герцог

За ним пойдите,
А мы без вас не прикоснемся к пище.

Орландо

Благодарю. Спаси вас Бог за помощь!

(Уходит.)

Старый герцог

Вот видишь ты, не мы одни несчастны,
И на огромном мировом театре
Есть много грустных пьес, грустней, чем та,
Что здесь играем мы!

Жак

Весь мир — театр.
В нем женщины, мужчины — все актеры.
У них свои есть выходы, уходы,
И каждый не одну играет роль.
Семь действий в пьесе той. Сперва младенец,
Ревущий горько на руках у мамки...
Потом плаксивый школьник с книжной сумкой,
С лицом румяным, нехотя, улиткой
Ползущий в школу. А затем любовник,
Вздыхающий, как печь, с балладой грустной
В честь брови милой. А затем солдат,
Чья речь всегда проклятьями полна,
Обросший бородой, как леопард,
Ревнивый к чести, забияка в ссоре,
Готовый славу бренную искать
Хоть в пушечном жерле. Затем судья
С брюшком округлым, где каплун запрятан,

Со строгим взором, стриженой бородкой,
Шаблонных правил и сентенций кладезь, —
Так он играет роль. Шестой же возраст —
Уж это будет тощий Панталоне,
В очках, в туфлях, у пояса — кошель,
В штанах, что с юности берег, широких
Для ног иссохших; мужественный голос
Сменяется опять дискантом детским:
Пищит, как флейта... А последний акт,
Конец всей этой странной, сложной пьесы —
Второе детство, полузабытье:
Без глаз, без чувств, без вкуса, без всего.

Снова входит Орландо и с ним — Адам.

Старый герцог

Привет! Сложите ваш почтенный груз,
Пусть подкрепится он...

Орландо

Благодарю вас за него.

Адам

И кстати:
Сам я едва могу «спасибо» молвить.

Старый герцог

Привет вам! Ну, за дело! Я не стану
Покамест вам расспросами мешать. —
Эй, музыки! — А вы, кузен, нам спойте!

Амьен *(поет)*

Вей, зимний ветер, вей!
Ты все-таки добрей
Предательства людского:
Твой зуб не так остер,
Тебя не видит взор,
Хоть дуешь ты сурово!
  Гей-го-го!.. Пой под вечнозеленой листвой!
  Дружба часто притворна, любовь —
                                  сумасбродна.
Так пой — гей-го-го! — под листвой:

Наша жизнь превосходна!
Мороз, трещи сильнее!
Укус твой не больнее
Забытых добрых дел!
Сковала воды стужа;
Но леденит нас хуже
Друг, что забыть сумел.
    Гей-го-го!
(и т. д.)

Старый герцог

Когда вы в самом деле сын Роланда
Почтенного, как вы шепнули мне, —
Чему мой взгляд находит подтвержденье,
Живой портрет его увидев в вас, —
Приветствую сердечно вас. Я герцог,
Любивший вашего отца! Пойдемте
Ко мне в пещеру: там вы свой рассказ
Докончите. — А ты, почтенный старец,
Будь гостем у меня, как твой хозяин. —
Его сведите. — Дайте руку мне
И все откройте искренне вполне.

Уходят.

АКТ III

СЦЕНА ПЕРВАЯ

Зал во дворце.
Входят герцог Фредерик, вельможи и Оливер.

Герцог Фредерик

С тех пор его не видел?.. Быть не может!
Не будь я создан весь из милосердья,
Не стал бы я искать для мести лучше
Предмета, раз ты здесь. Но берегись:
Найди мне брата, где бы ни был он.
Ищи хоть со свечой. Живым иль мертвым,
Но в этот год доставь его, иначе
Не возвращайся сам в мои владенья.
Все земли, все, что ты своим зовешь,
Достойное секвестра, — мы берем,
Пока твой брат с тебя не снимет лично
То, в чем тебя виним.

Оливер

О государь! Знай ты мои все чувства!..
Я никогда ведь брата не любил.

Герцог Фредерик

Тем ты подлей! — Прогнать его отсюда...
Чиновников назначить: пусть наложат
Арест на дом его и все владенья.
Все сделать быстро!.. А его — убрать!

Уходят.

СЦЕНА ВТОРАЯ

Лес.
Входит Орландо с листком бумаги.

Орландо

Виси здесь, стих мой, в знак любви моей.
А ты, в тройном венце царица ночи,
На имя, что царит над жизнью всей,
Склони с небес свои святые очи.
О Розалинда!.. Будут вместо книг
Деревья: в них врезать я мысли буду,
Чтоб всякий взор здесь видел каждый миг
Твоих достоинств прославленье всюду.
Пиши, Орландо, ты хвалы скорей
Прекрасной, чистой, несказанной — ей!

(Уходит.)

Входят Корин и Оселок.

Корин. Ну как вам нравится эта пастушеская жизнь, господин Оселок?

Оселок. По правде сказать, пастух, сама по себе она — жизнь хорошая; но, поскольку она жизнь пастушеская, она ничего не стоит. Поскольку она жизнь уединенная, она мне очень нравится; но, поскольку она очень уж уединенная, она преподлая жизнь. Видишь ли, поскольку она протекает среди полей, она мне чрезвычайно по вкусу; но, поскольку она проходит не при дворе, она невыносима. Так как жизнь эта умеренная, она вполне соответствует моему характеру, но, так как в ней нет изобилия, она не в ладах с моим желудком. Знаешь ли ты толк в философии, пастух?

Корин. Знаю из нее только то, что чем кто-нибудь сильнее болен, тем он хуже себя чувствует; что если у него нет денег, средств и достатка, так ему не хватает трех добрых друзей; что дождю положено мочить, а огню — сжигать; что на хорошем пастбище овцы скоро жиреют и что главная причина наступления ночи — то, что нет больше солнца; что у кого нет ума ни от природы, ни от науки, тот может пожаловаться, что его плохо воспитали или что он родился от глупых родителей.

О с е л о к. Да ты природный философ! Бывал ты когда-нибудь при дворе, пастух?

К о р и н. По правде сказать, нет.

О с е л о к. Ну, тогда быть тебе в аду!

К о р и н. Ну нет, надеюсь.

О с е л о к. Обязательно будешь в аду! Поджарят тебя, как плохо спеченное яйцо, — только с одной стороны.

К о р и н. Это за то, что я при дворе не бывал? Почему же это, объясните?

О с е л о к. Потому, что, если ты никогда не бывал при дворе, значит, ты никогда не видал хороших манер; если ты никогда не видал хороших манер, значит, у тебя дурные манеры; а что дурно, то грех, а за грехи попадают в ад. Ты в опасном положении, пастух.

К о р и н. Ничуть не бывало, Оселок! Хорошие манеры придворных так же смешны в деревне, как деревенские манеры нелепы при дворе. Вот, например, вы мне говорили, что при дворе не кланяются, а целуют руки: ведь это была бы нечистоплотная любезность, если бы придворные были пастухами.

О с е л о к. Доказательство, скорее доказательство!

К о р и н. Да как же! Мы постоянно овец руками трогаем, а у них шкуры, сами знаете, жирные.

О с е л о к. Можно подумать, что у придворных руки не потеют! А разве овечий жир хуже человечьего пота? Нет, слабо, слабо! Лучшее доказательство, скорей!

К о р и н. А кроме того, руки у нас жесткие.

О с е л о к. Тем скорее губы их почувствуют. Опять слабо. Подавай лучшее доказательство, ну-ка!..

Корин. И часто они у нас в дегте выпачканы, которым мы овец лечим. Что ж, вы хотите, чтобы мы деготь целовали? У придворных руки-то мускусом надушены.

Оселок. Ах, глупый ты человек! Настоящая ты падаль по сравнению с хорошим куском мяса! Поучайся у людей мудрых и рассудительных: мускус более низкого происхождения, чем деготь: это нечистое выделение кошки! Исправь свое доказательство, пастух.

Корин. У вас для меня слишком придворный ум: дайте дух перевести.

Оселок. Так ты хочешь попасть в ад? Глупый ты человек! Исцели тебя Бог... Очень уж ты прост!

Корин. Сударь, я честный работник: зарабатываю себе на пропитание, раздобываю себе одежду, ни на кого злобы не питаю, ничьему счастью не завидую, радуюсь чужой радости, терплю свои горести, и одна моя гордость — это смотреть, как мои овцы пасутся, а ягнята их сосут.

Оселок. И тут в простоте своей ты грешишь: ты случаешь овец с баранами и зарабатываешь свой хлеб размножением скота, ты служишь сводником барану-вожаку и, вопреки всем брачным правилам, предаешь годовалую ярочку кривоногому, старому рогачу барану. Если ты за это в ад не попадешь — так, значит, сам дьявол не хочет иметь пастухов, а иначе уж не знаю, как бы ты спасся.

Корин. Вот идет молодой господин Ганимед, брат моей новой хозяйки.

Входит Розалинда с листком в руках.

Розалинда *(читает)*
 «Нет средь Индии красот
 Перла краше Розалинды.
 Ветра вольного полет
 В мире славит Розалинду.
 Все картины превзойдет

Светлым ликом Розалинда.
Все красавицы не в счет
Пред красою Розалинды».

О с е л о к. Я вам могу так рифмовать восемь лет подряд, за исключением часов обеда, ужина и сна: настоящая рысца, какой молочницы едут на рынок.

Р о з а л и н д а. Убирайся прочь, шут!

О с е л о к. Для примера:

«Если лань олень зовет,
Пусть поищет Розалинду.
Как стремится к кошкам кот,
Точно так и Розалинда.
Плащ зимой подкладки ждет,
Так и стройность Розалинды.
Тот, кто сеет, тот и жнет
И — в повозку с Розалиндой.
С кислой коркой сладкий плод,
Плод такой же Розалинда.
Кто рвет розу, тот найдет
Шип любви и Розалинду».

Вот настоящая иноходь стихов. И зачем вы ими отравляетесь?

Р о з а л и н д а. Молчи, глупый шут. Я нашла их на дереве.

О с е л о к. Поистине дурные плоды приносит это дерево.

Р о з а л и н д а. Я привью к нему тебя, а потом кизил: тогда это дерево принесет самые ранние плоды в стране, потому что ты сгниешь прежде, чем наполовину созреешь, — ведь это и есть главные свойства кизила.

О с е л о к. Вы свое сказали, а умно или нет — пусть судит лес.

Р о з а л и н д а. Тсс... Отойди! Сюда идет сестра, читает что-то.

Входит С е л и я с листком в руках.

С е л и я *(читает)*
«Почему же здесь — пустыня?
Что людей не видит взгляд?..
Нет, везде развешу ныне
Языки, и пусть гласят:
То, как быстро жизнь людская
Грешный путь свершает свой;
То, что краткий миг, мелькая,
Заключает век земной;
То, что клятвы нарушенья
Очень часты меж друзей.
После ж каждого реченья
Средь красивейших ветвей
«Розалинда» начертаю,
Чтобы каждый мог узнать,
Как, все лучшее сливая,
Может небо перл создать.
Так природе повелели
Небеса — чтобы слила
Прелесть всю в едином теле,
И тогда она взяла:
Клеопатры горделивость,
Аталанты чистоту,
И Лукреции стыдливость,
И Елены красоту.
Так в Розалинде дали боги
Созданий высших образец,
Вручив ей лучшее из многих
Прекрасных лиц, очей, сердец.
Ей небо это все сулило,
Мне ж — быть рабом ей до могилы».

Р о з а л и н д а. О милосердный Юпитер! Какой скучной проповедью о любви вы утомили ваших прихожан и ни разу даже не сказали: «Потерпите, добрые люди!»

С е л и я. Как, вы тут?.. Уходите-ка, приятели! Ступай, пастух; и ты с ним, любезный.

О с е л о к. Пойдем, пастух; свершим почетное отступление — если не с обозом и поклажей, то с сумой и кулечком.

Корин и Оселок уходят.

С е л и я. Ты слышала эти стихи?..

Р о з а л и н д а. О да, слышала все и даже больше, чем следует, — потому что у некоторых стихов больше стоп, чем стих может выдержать.

С е л и я. Это не важно — стопы могут поддержать стихи.

Р о з а л и н д а. Да, но эти стопы хромали и без стихов не стояли на ногах, а потому и стихи захромали.

С е л и я. Неужели тебя не изумляет, что твое имя вывешено и вырезано на всех деревьях здесь?..

Р о з а л и н д а. Я уже успела наизумляться, пока ты не пришла, потому что — посмотри, что я нашла на пальмовом дереве. Такими рифмами меня не заклинали со времен Пифагора, с тех пор как я была ирландской крысой, о чем я, впрочем, плохо помню.

С е л и я. Ты догадываешься, кто это написал?

Р о з а л и н д а. Мужчина?..

С е л и я. Да, и у него на шее цепочка, которую ты когда-то носила. Ты краснеешь?

Р о з а л и н д а. Скажи, пожалуйста, кто это?

С е л и я. О Господи, Господи!.. Друзьям трудно встретиться; но бывает так, что во время землетрясения гора с горой сталкиваются.

Р о з а л и н д а. Да кто же он?..

С е л и я. Возможно ли?..

Р о з а л и н д а. Нет, прошу тебя с самой настоятельной неотступностью — скажи мне, кто это!

С е л и я. О, удивительно, удивительно, удивительнейшим образом удивительно! Как это удивительно! Нет сил выразить, до чего удивительно!

Р о з а л и н д а. Не выдай меня, цвет лица! Не думаешь ли ты, что раз я наряжена мужчиной, так и характер мой надел камзол и штаны?.. Каждая минута промедления для меня — целый Южный океан открытий. Умоляю тебя, скорей скажи мне, кто это! Да говори живее. Я бы хотела, чтобы ты была заикой; тогда это имя выскочило бы из твоих уст, как вино из фляги с узеньким горлышком: или все зараз, или ни капли. Умоляю тебя, раскупори свой рот, чтобы я могла упиться твоими новостями!

С е л и я. Тогда тебе придется проглотить мужчину.

Р о з а л и н д а. Создан ли он по образу и подобию Божию? Какого рода мужчина? Стоит ли его голова шляпы, а подбородок бороды?

С е л и я. Ну, бороды-то у него не много.

Р о з а л и н д а. Что ж, Бог пошлет ему побольше, если он будет благодарным. Пусть уж его борода не торопится расти — лишь бы ты поторопилась с описанием его подбородка.

С е л и я. Это молодой Орландо, тот самый, что разом положил на обе лопатки и борца и твое сердце.

Р о з а л и н д а. К черту шутки! Говори серьезно и как честная девушка.

С е л и я. Да право же, сестричка, это он.

Р о з а л и н д а. Орландо?..

С е л и я. Орландо.

Р о з а л и н д а. Вот несчастье! Как же мне быть с моим камзолом и штанами? Что он делал, когда ты его увидела? Что он сказал? Как он выглядел? Куда он ушел? Зачем он тут? Спрашивал ли тебя обо мне? Где он живет? Как он с тобой простился? Когда ты его опять увидишь? Отвечай мне одним словом.

С е л и я. Тогда одолжи мне рот Гаргантюа: это слово в наши времена будет слишком велико для любого рта. Ответить «да» и «нет» на все твои вопросы займет больше времени, чем ответ на все вопросы катехизиса.

Р о з а л и н д а. Но знает ли он, что я здесь, в лесу, и в мужском наряде? Он так же хорошо выглядит, как в тот день, когда боролся?

Селия. Отвечать на вопросы влюбленных так же легко, как считать мошек; но выслушай мой рассказ о том, как я его нашла, и вникни как следует. Я нашла его лежащим под деревом, как упавший желудь.

Розалинда. Это дерево можно назвать деревом Юпитера, раз оно дает такие плоды!

Селия. Будьте любезны, выслушайте меня, сударыня.

Розалинда. Продолжай.

Селия. Он лежал растянувшись, как раненый рыцарь.

Розалинда. Как ни печально такое зрелище, оно должно быть очень красиво.

Селия. Попридержи свой язычок, он не вовремя делает скачки. Одет охотником.

Розалинда. О зловещее предзнаменование! Он явился, чтобы убить мое сердце.

Селия. Я бы хотела допеть мою песню без припева: ты меня сбиваешь с тона.

Розалинда. Разве ты не знаешь, что я женщина? Раз мне пришла мысль — я ее должна высказать! Дальше, дорогая!

Селия. Ты сбиваешь меня. Постой, не он ли сюда идет?

Розалинда. Да, он. Мы спрячемся и будем слушать.

Входят Орландо и Жак.

Жак
  Спасибо за компанию; но, право,
  Я предпочел бы здесь один остаться.
Орландо
  Я точно так же; но, приличья ради,
  За общество я вас благодарю.

Жак. Прощайте! Будемте встречаться реже.

Орландо. Останемся друг другу чужими.

Жак. Прошу вас, не портите больше деревьев, вырезая любовные стихи на их коре.

Орландо. Прошу вас, не портите больше моих стихов, читая их так плохо.

Жак. Вашу любовь зовут Розалиндой?

Орландо. Да, именно так.

Жак. Мне не нравится это имя.

Орландо. Когда ее крестили, не думали о том, чтобы вам угодить.

Жак. Какого она роста?

Орландо. Как раз на уровне моего сердца.

Жак. Вы битком набиты ответами! Не водили ли вы знакомства с женами ювелиров, не заучивали ли вы наизусть надписей на их перстнях?

Орландо. Нет, но отвечаю вам, как на обоях, с которых вы заимствовали ваши вопросы.

Жак. У вас быстрый ум. Я думаю, он был сделан из пяток Аталанты. Не хотите ли присесть рядом со мной? Давайте вместе бранить нашу владычицу-Вселенную и все наши бедствия.

Орландо. Я не стану бранить ни одно живое существо в мире, кроме себя самого, за которым знаю больше всего недостатков.

Жак. Самый главный ваш недостаток — то, что вы влюблены.

Орландо. Этого недостатка я не променяю на вашу лучшую добродетель. Вы надоели мне.

Жак. Уверяю вас, что я искал шута, когда встретил вас.

Орландо. Шут утонул в ручье: посмотрите в воду — и вы увидите его.

Жак. Я увижу там свою собственную особу.

Орландо. Которую я считаю или шутом, или нулем.

Жак. Я не хочу дольше оставаться с вами; прощайте, милейший синьор влюбленный!

Орландо. Очень рад, что вы удаляетесь; прощайте, милейший мсье меланхолик!

Жак уходит.

Розалинда (*тихо, Селии*). Я заговорю с ним, притворившись дерзким лакеем, и подурачу его. — Эй, охотник, слышите вы?

Орландо. Отлично слышу. Что вам надо?

Розалинда. Скажите, пожалуйста, который час?

Орландо. Вам следовало спросить меня — какое время дня: в лесу часов нет.

Розалинда. Значит, в лесу нет ни одного настоящего влюбленного: иначе ежеминутные вздохи и ежечасные стоны отмечали бы ленивый ход времени не хуже часов.

Орландо. А почему не быстрый ход времени? Разве не все равно, как сказать?

Розалинда. Никоим образом, сударь: время идет различным шагом с различными людьми. Я могу сказать вам, с кем оно идет иноходью, с кем — рысью, с кем — галопом, а с кем — стоит на месте.

Орландо. Ну скажи, пожалуйста, с кем время идет рысью?

Розалинда. Извольте: оно трусит мелкой рысцой с молодой девушкой между обручением и днем свадьбы; если даже промежуток этот только в семь дней, время тянется для нее так медленно, что он кажется ей семью годами.

Орландо. С кем время идет иноходью?

Розалинда. С попом, который не знает по-латыни, и с богачом, у которого нет подагры: один спит спокойно, потому что не может заниматься наукой, а другой живет спокойно, потому что не испытывает страданий; одного не гнетет бремя сухого, изнуряющего ученья, другой не знает бремени тяжелой, печальной нищеты. С ними время идет иноходью.

Орландо. А с кем оно несется галопом?

Розалинда. С вором, которого ведут на виселицу: как бы медленно он ни передвигал ноги, ему все кажется, что он слишком скоро придет на место.

Орландо. А с кем же время стоит?

Розалинда. Со стряпчими во время судейских каникул, потому что они спят от закрытия судов до их открытия и не замечают, как время движется!

Орландо. Где вы живете, милый юноша?

Розалинда. Живу с этой пастушкой, моей сестрой, здесь, на опушке леса — как бахрома на краю юбки.

Орландо. Вы родом из этих мест?

Розалинда. Как кролик, который живет там, где родился.

Орландо. Ваше произношение лучше, чем можно было надеяться услышать в такой глуши.

Розалинда. Это мне многие говорили, но, правда, меня учил говорить мой старый благочестивый дядюшка; он в молодости жил в городе и хорошо знал светское обхождение, потому что был там влюблен. Немало поучений слышал я от него против любви и благодарю Бога, что я не женщина и что во мне нет всех тех сумасбродных свойств, в которых он обвинял весь женский пол.

Орландо. А вы не можете припомнить главных пороков, которые он ставил в вину женщинам?

Розалинда. Главных не было: все были похожи один на другой, как грошовые монетки, и каждый порок казался чудовищным, пока не появлялся новый.

Орландо. Прошу вас, укажите на какие-нибудь из них.

Розалинда. Нет, я буду тратить мое лекарство только на того, кто болен. Здесь в лесу есть человек, который портит все наши молодые деревья, вырезая на их коре имя «Розалинда», и развешивает оды на боярышнике и элегии на терновнике; во всех них обоготворяется имя Розалинды. Если бы я встретил этого вздыхателя, я дал бы ему несколько добрых советов, потому что, мне кажется, он болен любовной лихорадкой.

Орландо. Я тот самый, кого трясет эта лихорадка: пожалуйста, дай мне свое лекарство!

Розалинда. Но в вас нет ни одного из признаков, о которых говорил мой дядя, — он научил меня, как распознавать влюбленных. В эту клетку, я уверен, вы еще не попались.

Орландо. Какие это признаки?

Розалинда. Исхудалые щеки, чего у вас нет; ввалившиеся глаза, чего у вас нет; нестриженая борода, чего у вас нет (впрочем, это я вам прощаю, потому что вообще бороды у вас столько, сколько доходов у младшего брата). Затем чулки ваши должны быть без подвязок, шляпа без ленты, рукава без пуговиц, башмаки без шнурков, и вообще все в вас должно выказывать неряшливость отчаяния. Но вы не таковы: вы скорей одеты щегольски и похожи на человека, влюбленного в себя, а не в другого.

Орландо. Милый юноша, я хотел бы заставить тебя поверить, что я влюблен.

Розалинда. Меня — поверить, что вы влюблены? Вам так же легко было бы заставить поверить этому ту, кого вы любите; а она, ручаюсь вам, скорее способна поверить вам, чем сознаться в этом. Это один из тех пунктов, в которых женщины лгут своей собственной совести. Но, шутки в сторону, неужели это вы развешиваете на деревьях стихи, в которых так восхищаетесь Розалиндой?

Орландо. Клянусь тебе, юноша, белой рукой Розалинды: я тот самый, тот самый несчастный!

Розалинда. Но неужели же вы так страстно влюблены, как говорят ваши стихи?

Орландо. Ни стихи, ни ум человеческий не в силах выразить, как страстно я влюблен.

Розалинда. Любовь — чистое безумие и, право, заслуживает чулана и плетей не меньше, чем буйный сумасшедший, а причина, по которой влюбленных не наказывают и не лечат, заключается в том, что безумие это так распространено, что надсмотрщики сами все влюблены. Однако я умею вылечивать любовь советами.

Орландо. А вы уже кого-нибудь вылечили таким образом?

Розалинда. Да, одного человека, и вот как. Он должен был вообразить, что я его любовь, его возлюбленная; я заставил его приходить ко мне каждый день и ухаживать за мной, а сам, словно изменчивая луна, был то грустным, то жеманным, то капризным, гордым, томно влюбленным, причудливым, кривлякой, пустым, непостоянным, то плакал, то улыбался, во всем что-то выказывал и ничего не чувствовал: ведь юноши и женщины большей частью скотинка одной масти в этих делах. То я любил его, то ненавидел, то приманивал, то отталкивал, то плакал о нем, то плевал на него, и так я заставил моего поклонника от безумия любви перейти к настоящему безумию, а именно — покинуть шумный поток жизни и удалиться в совершенное монашеское уединение. Вот как я его вылечил; таким же способом я берусь выполоскать вашу печень так, что она будет чиста, как сердце здоровой овцы, и что в ней ни пятнышка любви не останется.

Орландо. Я бы не хотел вылечиться, юноша.

Розалинда. А я бы вас вылечил, если бы вы только стали звать меня Розалиндой, каждый день приходить в мою хижину и ухаживать за мной.

Орландо. Вот на это, клянусь верностью моей любви, я согласен. Скажите мне, где ваша хижина?

Розалинда. Пойдемте со мной, я вам ее покажу; а дорогой вы мне расскажете, в какой части леса вы живете. Пойдете?

Орландо. Охотно, от всего сердца, добрый юноша!

Розалинда. Нет, вы должны звать меня Розалиндой. — Пойдем, сестра. Идешь?

Уходят.

СЦЕНА ТРЕТЬЯ

Лес.
Входят Оселок и Одри, за ними — Жак.

Оселок. Иди скорей, добрая Одри! Я соберу твоих коз, Одри. Ну что ж, Одри? Я все еще тебе по сердцу? Нравятся ли тебе мои скромные черты?

Одри. Ваши черты? Помилуй нас, Господи! Какие такие черты?

Оселок. Я здесь, с тобой и твоими козами, похож на самого причудливого из поэтов — на почтенного Овидия среди готов.

Жак (*в сторону*). О ученость! Куда ты попала? Даже у Юпитера под соломенным кровом шалаша было лучшее пристанище.

Оселок. Когда твоих стихов не понимают или когда уму твоему не вторит резвое дитя — разумение, это убивает тебя сильнее, чем большой счет, поданный маленькой компании. Право, я хотел бы, чтобы боги создали тебя поэтичной.

Одри. Я не знаю, что это такое значит — «поэтичная»? Значит ли это — честная на словах и на деле? Правдивая ли это вещь?

Оселок. Поистине нет: потому что самая правдивая поэзия — самый большой вымысел, а все влюбленные — поэты, и, значит, все, все их любовные клятвы в стихах — чистейший вымысел.

Одри. И после этого вы хотите, чтобы боги сделали меня поэтичной?

Оселок. Конечно хочу, так как ты клялась мне, что ты честная девушка. А будь ты поэтом, я мог бы иметь некоторую надежду, что это вымысел.

Одри. А вы бы не хотели, чтобы я была честной девушкой?

Оселок. Конечно нет, разве если бы ты была безобразна: потому что честность, соединенная с красотой, — это все равно что медовая подливка к сахару.

Жак *(в сторону)*. Глубокомысленный шут!

Одри. Ну, так как я некрасива, то и прошу богов сделать меня честной.

Оселок. Да, но расточать честность на безобразную неряху — это все равно что класть хорошее кушанье в грязную посуду.

Одри. Я не неряха, хоть и безобразна, благодаря богам!

Оселок. Ладно, слава богам за твое безобразие: неряшливость успеет прийти потом. Но как бы то ни было, я хочу жениться на тебе и с этой целью побывал у твоего господина Оливера Путаника, священника соседней деревни, который обещал мне прийти сюда в лес и соединить нас.

Жак *(в сторону)*. Охотно бы поглядел на эту встречу!

Одри. Ладно, да пошлют нам боги радость!

Оселок. Аминь! Человек трусливого десятка задумался бы перед таким предприятием, потому что церкви здесь никакой, один лес, а свидетели — только рогатые звери. Но что из того? Смелей! Рога — вещь столь же гнусная, как и неизбежная. Недаром говорится: «Многие не знают сами всего своего богатства». Это правильно: у многих людей славные рога, а они и не знают всей их длины. Ну да ладно, это приданое ему жена приносит, а не сам он добывает. Рога!.. Да, рога... Неужели только люди бедные наделены ими? Вовсе нет: у благороднейшего оленя они такие же большие, как у самого жалкого. Значит, блажен холостой человек? Нет; как город, обнесенный стенами, поважнее деревни, так и лоб женатого человека почтеннее обнаженного лба холостяка; насколько способность защищаться лучше беспомощности, настолько иметь рога ценнее, чем не иметь их.

Входит Оливер Путаник.

Вот и господин Оливер. Добро пожаловать, господин Оливер Путаник! Как, вы нас здесь, под деревьями, повенчаете или нам пойти с вами в вашу часовню?

Путаник. А здесь нет никого, чтобы вручить вам вашу невесту?

Оселок. Я не желаю принимать ее в подарок ни от какого мужчины.

Путаник. Но ее должны вручить вам, или брак не будет законным.

Жак. Совершайте обряд! Я вручу невесту.

Оселок. Добрый вечер, любезный господин. Как вас зовут? Как вы поживаете, сударь? Вы очень кстати! Награди вас Бог за последнюю нашу беседу. Я очень рад вас видеть. Но прошу, накройтесь.

Жак. Ты хочешь жениться, пестрый шут?

Оселок. Как у быка есть свое ярмо, у лошади — свой мундштук, у сокола — свой бубенчик, так у человека есть свои желания, и как голуби милуются, так супруги целуются.

Жак. И вы, человек с таким воспитанием, собираетесь венчаться вокруг куста, как нищий? Ступайте в церковь, пусть хороший священник объяснит вам, что такое таинство брака. А этот малый склепает вас, как две доски к стенке, одна половинка рассохнется и — как негодное дерево — крак, крак!

Оселок *(в сторону)*. А по-моему, не лучше ли, чтобы именно этот меня повенчал, чем другой? Потому что он вряд ли повенчает по правилам, а если я не буду повенчан по правилам, то у меня будет хороший повод бросить потом мою жену.

Жак. Идем со мной; и послушайся моего совета.

Оселок

Пойдем, душенька Одри: как все люди,
Мы должны или повенчаться, или жить
                        в блуде. —

Прощайте, добрейший господин Оливер: тут уже не —
«О милый Оливер,
О храбрый Оливер,
Тебя не покидать бы!..»

а напротив:

«Ступай назад!
Прочь, говорят!
У нас не будет свадьбы!»

        Жак, Оселок и Одри уходят.

П у т а н и к. Все равно: ни один из этих сумасбродных плутов не поколеблет моего призвания! *(Уходит.)*

СЦЕНА ЧЕТВЕРТАЯ

Лес.
Входят Розалинда и Селия.

Р о з а л и н д а. Не разговаривай со мной: я хочу плакать.

С е л и я. Плачь, сделай милость; но изволь заметить, что слезы неприличны мужчине.

Р о з а л и н д а. Разве у меня нет причины для слез?

С е л и я. Лучшая причина, какой можно желать; поэтому — плачь.

Р о з а л и н д а. У него даже волосы непостоянного цвета.

С е л и я. Немного темнее, чем у Иуды. А уж его поцелуи — родные дети Иудиных поцелуев!

Р о з а л и н д а. По правде сказать, волосы у него очень красивого цвета.

С е л и я. Превосходного цвета: нет лучше цвета, чем каштановый.

Р о з а л и н д а. А поцелуи его невинны, как прикосновение святых даров.

Селия. Он купил пару выброшенных губ у Дианы; монахини зимнего братства не целуют невиннее, чем он: в его поцелуях — лед целомудрия.

Розалинда. Но почему же он поклялся прийти сегодня утром — и не идет?..

Селия. Право, в нем нет ни капли честности!

Розалинда. Ты так думаешь?

Селия. Да. Я не думаю, чтобы он был карманный вор или конокрад, но что до честности в любви — мне кажется, он пуст, как опрокинутый кубок или как выеденный червями орех.

Розалинда. Неверен в любви?

Селия. Да, если бы была любовь; но я думаю, что тут любви нет.

Розалинда. Ты слышала, как он клялся, что был влюблен.

Селия. «Был влюблен» — не значит, что и теперь влюблен. Кроме того, клятвы влюбленного не надежнее слова трактирщика: и тот и другой ручаются в верности фальшивых счетов. Он здесь в лесу состоит в свите герцога, отца твоего.

Розалинда. Я встретила герцога вчера! Он очень долго расспрашивал меня; между прочим, спросил, какого я рода. Я ответила, что родом не хуже его. Он засмеялся и отпустил меня. Но что мы говорим об отцах, когда существует такой человек, как Орландо?

Селия. О да! Это прекрасный человек! Он пишет прекрасные стихи, произносит прекрасные клятвы и прекрасно их разбивает — прямо о сердце своей возлюбленной, как неопытный боец на турнире, который, пришпоривая коня с одной стороны, ломает копье, как настоящий гусь. Но все прекрасно, на чем ездит молодость и чем правит безумие! — Кто это идет сюда?

Входит Корин.

Корин

    Хозяюшка, хозяин! Вы справлялись
Не раз о том влюбленном пастухе,
Что как-то тут сидел со мной на травке
И восхвалял надменную пастушку —
Предмет своей любви.

Селия

                  Да; что же с ним?

Корин

    Хотите видеть, как отлично сцену
Играет бледность искренней любви
С румянцем гордым гнева и презренья?
Идите-ка со мной: я вас сведу,
Коль вам угодно.

Розалинда

                О, без промедленья!
Влюбленных вид — влюбленным подкрепленье.
Веди туда, и, слово вам даю,
В их пьесе роль сыграю я свою.

                  Уходят.

СЦЕНА ПЯТАЯ

        Другая часть леса.
    Входят Сильвий и Феба.

Сильвий

    О Феба! Сжалься надо мною, Феба!
Скажи мне, что не любишь, — но не так
Враждебно! Ведь любой палач, в ком сердце,
Привыкнув к виду крови, очерствело,
Топор над бедной жертвой не опустит,
Не попросив прощенья. Иль ты будешь
Суровей тех, кто кормится убийством
И умирает — проливая кровь?

    Входят Розалинда, Селия и Корин.

Феба

Я не хочу быть палачом твоим.
Бегу тебя, чтобы тебя не мучить.
Ты говоришь, в моих глазах убийство?
Как это мило, как правдоподобно —
Глаза, что нежны, хрупки, что пугливо
От мелкой мошки двери закрывают,
Убийцами, тиранами их звать!
Вот на тебя я гневный взгляд бросаю:
Коль в силах ранить — пусть тебя убьет.
Что ж, притворись, что обмер. Ну же, падай! —
Не можешь? — Так стыдись, стыдись! Не лги,
Глазам моим убийц давая имя!
Где рана, что мой взгляд тебе нанес?
Булавкой ты уколешься — и будет
Царапина видна; осоку схватишь —
Ладонь хоть ненадолго сохранит
Порез и оттиск: но мои глаза,
Бросая взгляд, не ранили тебя;
И вообще в глазах людей нет власти
Боль причинять.

Сильвий

О дорогая Феба!
Настанет день, он близок, может быть, —
Ты встретишь в ком-нибудь всю мощь любви:
Тогда узнаешь боль незримых ран
От острых стрел любви.

Феба

Но до тех пор —
Прочь от меня. Когда ж тот день настанет,
То смейся надо мной, а не жалей,
Как до тех пор тебя не пожалею.

Розалинда

А почему — спрошу! Кто вас родил,
Что вы так мучите и так браните
Несчастного? Хоть нет в вас красоты
(По-моему, у вас ее настолько,

Чтоб с вами без свечи в кровать ложиться),
Вы все-таки горды и беспощадны?
В чем дело? Что вы на меня глядите?
Вы для меня одно из тех изделий,
Что пачками природа выпускает.
Уж не хотите ль вы меня пленить?
Нет, гордая девица, не надейтесь:
Ни черный шелк волос, ни эти брови
Чернильные, ни темных глаз агаты,
Ни щек молочных цвет — меня не тронут. —
Глупец пастух! К чему бежишь за нею,
Как южный ветер, с ливнем и туманом?
Ты как мужчина в тысячу раз лучше,
Чем эта девушка. Такие дурни,
Как ты, женясь, плодят одних уродов.
Не зеркало ее, а ты ей льстишь:
В тебе она себя красивей видит,
Чем в отраженье собственном своем. —
А вы себя узнайте! На колени!
Постясь, хвалите небо за его
Любовь! Как друг, вам на ухо шепну,
Что ваш товар не все на рынке купят.
Раскайтесь, выходите за него!
Ведь трижды некрасив, кто нагл притом. —
Бери ж ее себе, пастух! Прощайте!

Феба

Красавец мой, хоть целый год бранись!
Мне брань твоя милей его признаний.

Розалинда. Он влюбился в ее уродство, а она готова влюбиться в мой гнев! Если это так, то каждый раз, когда она будет отвечать тебе гневными взорами, я ее буду угощать горькими истинами. — Что вы так на меня смотрите?

Феба. О, не от злого чувства.

Розалинда

Я вас прошу — в меня вы не влюбляйтесь;
Я лживей клятвы, данной в пьяный час,

И не люблю вас! Вы хотите знать,
Где я живу? В тени олив — тут близко. —
Идем, сестра! — Пастух, будь с нею тверд! —
Сестра, идешь? — Будь с ним добрей, пастушка,
И не гордись! Пусть целый мир глядит, —
Все ж никого не обольстит твой вид. —
Идем к стадам!

Розалинда, Селия и Корин уходят.

Феба

Теперь, пастух умерший,
Мне смысл глубокий слов твоих открылся:
«Тот не любил, кто сразу не влюбился».

Сильвий

О Феба милая!..

Феба

А? Что ты, Сильвий?

Сильвий

О Феба, сжалься!..

Феба

Да, я тебя жалею, милый Сильвий.

Сильвий

Где жалость есть, там близко утешенье.
Коль ты жалеешь скорбь моей любви —
Дай мне любовь: тогда и скорбь и жалость
Исчезнут обе вмиг.

Феба

Тебя люблю как друга. Ты доволен?

Сильвий

О, будь моей!

Феба

Уж это будет жадность!
Была пора — ты был мне ненавистен...
Хоть и теперь я не люблю тебя,
Но о любви прекрасно говоришь ты, —
И общество твое, твои услуги,
Несносные мне раньше, я готова

Терпеть. Но ты не жди другой награды,
Чем радость, что ты можешь мне служить.
Сильвий

Так велика, чиста моя любовь
И так я беден милостью твоею,
Что я готов считать богатой долей —
Колосья подбирать за тем, кто жатву
Возьмет себе. Роняй мне иногда
Свою улыбку: ею буду жить.
Феба

Скажи, ты с этим юношей знаком?
Сильвий

Не то чтобы... но часто с ним встречаюсь;
Ведь он купил ту хижину и земли,
Которыми владел здесь старый скряга.
Феба

Не думай, что любовь — расспросы эти.
Он злой мальчишка, но красноречив!
Но что в словах мне?.. Впрочем, и слова
Приятны, если мил, кто говорит их.
Красивый мальчик он!.. Хоть и не очень.
Но, видно, очень горд... Ему, однако,
Пристала эта гордость. Он с годами
Красавцем станет. В нем всего пригожей —
Его лицо. Едва словами боль
Он причинит, как взглядом вмиг излечит.
Он ростом выше многих однолеток,
Но до мужчины все же не дорос.
Нога хоть так себе, но все ж красива.
А как прелестна губ его окраска!
Она немного лишь живей и ярче,
Чем щек румянец, — таково различье
Меж розовым и ярко-алым цветом.
Немало женщин, Сильвий, если б так же,
Как я, его подробно рассмотрели,
Влюбились бы в него. Что до меня,
Я ни люблю его, ни ненавижу;

Хоть надо бы скорее ненавидеть,
А не любить! Как он меня бранил!
Сказал — черны мои глаза и косы...
И, вспоминаю, оскорблял меня.
Дивлюсь, как терпеливо я смолчала.
Но что отложено, то не пропало:
Ему письмом насмешливым отвечу, —
А ты его снесешь; не правда ль, Сильвий?

Сильвий

Охотно, Феба.

Феба

Напишу сейчас же.
Письмо готово и в уме и в сердце.
Я напишу и коротко и зло.
За мною, Сильвий!

Уходят.

АКТ IV

СЦЕНА ПЕРВАЯ

Лес.
Входят Розалинда, Селия и Жак.

Жак. Пожалуйста, милый юноша, позвольте мне поближе познакомиться с вами.

Розалинда. Говорят, что вы большой меланхолик.

Жак. Это правда. Я люблю меланхолию больше, чем смех.

Розалинда. Люди, которые доходят до крайности в том или в другом, отвратительны и достойны общего осуждения хуже, чем пьяницы.

Жак. Но ведь хорошо быть серьезным и не говорить ни слова.

Розалинда. Но ведь хорошо в таком случае быть столбом.

Жак. Моя меланхолия — вовсе не меланхолия ученого, у которого это настроение не что иное, как соревнование; и не меланхолия музыканта, у которого она — вдохновение; и не придворного, у которого она — надменность; и не воина, у которого она — честолюбие; и не законоведа, у которого она — политическая хитрость; и не дамы, у которой она — жеманность; и не любовника, у которого она — все это, вместе взятое; но у меня моя собственная меланхолия, составленная из многих элементов, извлекаемая из многих предметов, а в сущности — результат размышлений, вынесенных из моих странствий, погружаясь в которые я испытываю самую гумористическую грусть.

Розалинда. Так вы путешественник? По чести, вам есть отчего быть грустным. Боюсь, не продали ли вы свои земли, чтобы повидать чужие: а много видеть и ничего не иметь — это все равно что обладать богатыми глазами и нищими руками.

Жак. Да, я дорого заплатил за мой опыт.

Розалинда. И ваш опыт делает вас грустным? Я бы лучше хотел иметь шута, который веселил бы меня, чем опыт, который наводил бы на меня грусть. И ради этого еще странствовать!

Входит Орландо.

Орландо. Привет мой, дорогая Розалинда!

Жак. Ну, раз уж вы разговариваете белым стихом, — прощайте! *(Уходит.)*

Розалинда *(вслед ему)*. Прощайте, господин путешественник. Смотрите, вы должны шепелявить, носить чужеземное платье, презирать все хорошее, что есть в вашем отечестве, ненавидеть место своего рождения и чуть что не роптать на Бога за то, что он создал вас таким, каков вы есть: иначе я никак не поверю, что вы катались в гондолах. — Ну, Орландо, где же вы пропадали все это время?.. Хорош влюбленный! Если вы еще раз устроите мне такую штуку, не попадайтесь мне больше на глаза!

Орландо. Моя прекрасная Розалинда, я опоздал не больше чем на час против обещания.

Розалинда. Опоздать на час — в любви? Если кто-нибудь разделит минуту на тысячу частей и опоздает в любовных делах на одну частицу этой тысячной части, — можно сказать, что Купидон хлопнул его по плечу, но я поручусь, что сердце его не затронуто.

Орландо. Простите меня, дорогая Розалинда.

Розалинда. Нет, если вы так медлительны, не показывайтесь мне больше на глаза: пусть лучше за мной ухаживает улитка.

Орландо. Улитка?..

Розалинда. Да, улитка; она хоть и движется медленно, зато несет свой дом на голове; лучшее приданое, я думаю, чем вы можете предложить женщине. Кроме того, она несет с собою свою судьбу.

Орландо. Какую именно?

Розалинда. Да как же! Рога, которыми вам подобные якобы обязаны своим женам. А улитка-муж сразу является уже вооруженным своей судьбой и предотвращает клевету по отношению к своей жене.

Орландо. Добродетель рогов не наставляет, а моя Розалинда добродетельна.

Розалинда. А я ваша Розалинда.

Селия. Ему нравится так звать тебя; но у него есть другая Розалинда — получше, чем ты.

Розалинда. Ну, ухаживайте, ухаживайте за мной; я сегодня в праздничном настроении и готов на все согласиться. Что бы вы мне сказали сейчас, если бы я был самая, самая настоящая ваша Розалинда?

Орландо. Я бы поцеловал ее, раньше чем сказать что-нибудь.

Розалинда. Нет, лучше бы вам сперва что-нибудь сказать, а уж когда не хватит предметов для разговора, тогда можно и поцеловать. Самые лучшие ораторы, когда им не хватает слов, сплевывают; а когда влюбленным — сохрани нас Боже от этого — не хватает темы, тогда лучший исход — поцеловать.

Орландо. А если нам откажут в поцелуе?

Розалинда. Тогда это дает вам повод умолять, и таким образом появляется новая тема.

Орландо. Но кому же может не хватить темы в присутствии возлюбленной?

Розалинда. Да хотя бы вам — будь я вашей возлюбленной, иначе я счел бы мою добродетель сильнее моего ума.

Орландо. Значит, я запутаюсь в своем сватовстве?

Розалинда. В фатовстве своем вы не запутаетесь, а в сватовстве — уж наверно.

Орландо. Ну так как же мои надежды?

Розалинда. Одежды в порядке, а надежды нет... Но все это никуда не годится. Разве я не ваша Розалинда?

Орландо. Мне доставляет удовольствие так называть вас потому, что я таким образом говорю о ней.

Розалинда. Ну так вот: от ее имени заявляю, что я отказываю вам.

Орландо. Тогда мне остается умереть уже от собственного имени.

Розалинда. Нет, лучше умрите через поверенного! Этот жалкий мир существует около шести тысяч лет, и за все это время ни один человек еще не умирал от собственного имени, я имею в виду от любви videlicet[1]. Троилу раздробили череп греческой палицей, а между тем он до этого делал все возможное, чтобы умереть от любви; ведь он считается одним из образцовых любовников. Леандр прожил бы много счастливых лет, — хотя бы Геро и поступила в монастырь, — не случись жаркой летней ночи: добрый юноша отправился в Геллеспонт, только чтобы выкупаться, с ним случилась судорога, и он утонул, а глупые летописцы его времени все свалили на Геро из Сестоса. Но это басни: люди время от времени умирали, и черви их поедали, но случалось все это не от любви.

Орландо. Я не хотел бы, чтобы моя настоящая Розалинда так думала, потому что — клянусь — один ее гневный взгляд убил бы меня.

---

[1] То есть, а именно (*лат.*).

Розалинда. Клянусь вот этой рукой — он и мухи не убил бы! Но довольно; теперь я буду вашей Розалиндой в более благосклонном настроении: просите у меня чего хотите — я не откажу вам.

Орландо. Так полюби меня, Розалинда.

Розалинда. Да, клянусь, буду любить по пятницам, по субботам и во все остальные дни.

Орландо. И ты согласна взять меня в мужья?

Розалинда. Да, и еще двадцать таких, как вы.

Орландо. Что ты говоришь?..

Розалинда. Разве вы не хороши?

Орландо. Надеюсь, что хорош.

Розалинда. А разве может быть слишком много хорошего? — Поди сюда, сестра, ты будешь священником и обвенчаешь нас. — Дайте мне руку, Орландо! — Что ты на это скажешь, сестрица?

Орландо. Пожалуйста, повенчайте нас!

Селия. Я не знаю, какие слова говорить.

Розалинда. Ты должна начать: «Берете ли вы, Орландо...»

Селия. Я знаю! «Берете ли вы, Орландо, в жены эту девушку, Розалинду?»

Орландо. Беру!

Розалинда. Да, но когда?..

Орландо. Хоть сейчас: как только она нас повенчает.

Розалинда. Тогда вы должны сказать: «Беру тебя в жены, Розалинда».

Орландо. Беру тебя в жены, Розалинда.

Розалинда. Я могла бы потребовать свидетельство на право венчаться. Но я и так беру тебя в мужья, Орландо!.. Невеста опередила священника: ведь у женщины мысли всегда обгоняют действия.

Орландо. Это свойственно всем мыслям: они крылаты.

Розалинда. Ну а скажите, сколько времени вы захотите владеть ею после того, как ее получите?

Орландо. Вечность и один день.

Розалинда. Скажите: «один день» без «вечности». Нет, нет, Орландо: мужчина — апрель, когда ухаживает; а женится — становится декабрем. Девушка, пока она девушка, — май; но погода меняется, когда она становится женой. Я буду ревнивее, чем берберийский голубь к своей голубке, крикливее, чем попугай под дождем, капризней, чем обезьяна, вертлявей, чем мартышка; буду плакать из-за пустяка, как Диана у фонтана, как раз тогда, когда ты будешь расположен повеселиться, и буду хохотать, как гиена, как раз тогда, когда тебе захочется спать.

Орландо. Но неужели моя Розалинда будет так поступать?

Розалинда. Клянусь жизнью, она будет поступать точь-в-точь, как я.

Орландо. О!.. Но ведь она умна.

Розалинда. Да, иначе у нее не хватило бы ума на это. Чем умнее, тем капризнее. Замкни перед женским умом дверь — он выбежит в окно; запри окно — он ускользнет в замочную скважину; заткни скважину — он улетит в дымовую трубу.

Орландо. Человек, которому досталась бы жена с таким умом, мог бы спросить: «Ум, ум, куда ты лезешь?»

Розалинда. Нет, этот вопрос вы должны приберечь до той поры, когда увидите, как ваша жена полезет на кровать вашего соседа.

Орландо. А у какого ума хватило бы ума найти этому оправдание?

Розалинда. Вот пустяки! Она скажет, что отправилась туда искать вас. Без ответа вы никогда не останетесь, — разве что она останется без языка. Такая женщина, которая не сумеет всегда свалить всю вину на мужа, — о, лучше пусть она не кормит сама своего ребенка, не то выкормит дурака!

Орландо. Я покину тебя на два часа, Розалинда.

Розалинда. Увы, любовь моя, я не могу прожить двух часов без тебя!

Орландо. Я должен прислуживать герцогу за обедом. В два часа я опять буду с тобой.

Розалинда. Ну, ступайте, ступайте своей дорогой; я знал, что это так будет. Мои друзья предостерегали меня... и сам я так думал; но ваши льстивые речи соблазнили меня. Еще один покинутый... Приди же, смерть! В два часа, говорите вы?

Орландо. Да, прелестная Розалинда.

Розалинда. Ручаюсь моей верностью, истинная правда, Бог мне свидетель, клянусь всеми хорошими и неопасными клятвами: если вы хоть на одну йоту нарушите ваше обещание или на одну минуту опоздаете, я сочту вас самым жестоким клятвопреступником, самым неверным любовником и самым недостойным той, которую вы зовете своей Розалиндой, какой только найдется в великой толпе изменников. Поэтому бойтесь моего приговора и сдержите свое обещание.

Орландо. Сдержу так же свято, как если бы ты действительно был моей Розалиндой! Итак, прощай.

Розалинда. Посмотрим. Время — старый судья — разбирает все такие преступления... Пусть оно рассудит и нас. Прощай.

Орландо уходит.

Селия. Ты просто оклеветала наш пол в своей любовной болтовне. Следовало бы задрать тебе на голову камзол и панталоны и показать миру, что птица сделала со своим собственным гнездом.

Розалинда. О сестрица, сестрица, сестрица, моя милая сестричка, если бы ты знала, на сколько футов глубины я погрузилась в любовь!.. Но измерить это невозможно: у моей любви неисследованное дно, как в Португальском заливе.

Селия. Вернее, она просто бездонна: сколько чувства в нее ни вливай, все выливается обратно.

Розалинда. Нет, пусть судит о глубине любви моей сам незаконный сын Венеры, задуманный мыслью, зачатый раздражением и рожденный безумием, этот слепой и плутоватый мальчишка, который дурачит чужие глаза потому, что потерял свои собственные. Говорю тебе, Алиена, я не могу жить без Орландо. Пойду поищу тенистый уголок и буду там вздыхать до его прихода.

Селия. А я пойду поспать!

Уходят.

СЦЕНА ВТОРАЯ

Лес
Входят Жак, вельможи и охотники.

Жак. Кто из вас убил оленя?

Первый вельможа. Я, сударь.

Жак. Представим его герцогу как римского победителя; хорошо было бы украсить его голову оленьими рогами в виде триумфального венка. — Охотники, нет ли у вас какой-нибудь песни на этот случай?

Охотник. Есть, сударь.

Жак. Так спойте ее, как бы ни фальшивили — это не важно, лишь бы шуму было побольше.

Музыка.

Охотник *(поет)*
>Носи, охотник, в награжденье
>Ты шкуру и рога оленьи;
>>Мы ж песнь споем!

Остальные подхватывают припев.

>Носить рога не стыд тебе;
>Они давно в твоем гербе.

Носил их прадед с дедом,
Отец за ними следом...
Могучий рог, здоровый рог
Смешон и жалок быть не мог!

Уходят.

СЦЕНА ТРЕТЬЯ

Лес.
Входят Розалинда и Селия.

Розалинда. Что ты скажешь? Два часа прошло, а моего Орландо не видно.

Селия. Ручаюсь, что он от чистой любви и умственного расстройства взял свой лук и стрелы и отправился спать. Но посмотри, кто идет сюда?

Входит Сильвий.

Сильвий
К вам порученье, юноша прекрасный,
От милой Фебы — это вам отдать.
(Дает письмо.)
Не знаю содержания; но, судя
По гневным взорам и движеньям резким,
С которыми письмо она писала,
Письмо — сердитое. Простите мне:
Я ни при чем — я лишь ее посланец.

Розалинда *(прочитав письмо)*
Само терпенье вышло б из себя
От этих строк! Снести их — все снесешь!
Я некрасив, мол, и манер не знаю;
Я горд; она в меня бы не влюбилась,
Будь реже феникса мужчины. К черту!
Ее любовь — не заяц, мной травимый.
Зачем она так пишет?.. Нет, пастух,
Посланье это сочинил ты сам.

Сильвий

О нет, клянусь, не знаю я, что в нем;
Его писала Феба.

Розалинда

Ты безумец,
До крайности в своей любви дошедший.
А руки у нее! Дубленой кожи
И цветом — как песчаник; я их принял
За старые перчатки, а не руки.
Совсем кухарки руки. Но не важно —
Ей этого письма не сочинить.
Да в нем и слог и почерк — все мужское.

Сильвий

Нет, все ее.

Розалинда

Но как же? Слог и наглый и суровый —
Слог дуэлиста. И чернит меня,
Как турки христиан. Ум нежный женский
Не мог создать таких гигантски грубых
И эфиопских слов, чей смысл чернее,
Чем самый вид. Письмо прослушать хочешь?

Сильвий

Прошу, прочтите: я его не слышал...
Но знаю хорошо жестокость Фебы.

Розалинда

Вот вам и Феба! Как злодейка пишет!
(Читает.)
«Вид пастуха принявший бог,
Не ты ли сердце девы сжег?»
Может ли женщина так браниться?

Сильвий

Вы называете это бранью?

Розалинда *(читает)*

«Зачем святыню ты забыл
И с женским сердцем в бой вступил?»
Может ли женщина так оскорблять?
«Мужчины взоры никогда
Не причиняли мне вреда».

Что же я — животное, что ли?
«Коль гневный взгляд твоих очей
Страсть возбудил в душе моей, —
Увы, будь полон добротой,
Он чудеса б свершил со мной!
Влюбилась, слыша оскорбленья, —
Что б сделали со мной моленья?
Посол мой, с кем любовь я шлю,
Не знает, как тебя люблю.
С ним, за печатью, мне ответь:
Навеки хочешь ли владеть
Всем, что отдам я с упоеньем, —
И мной и всем моим именьем?
Иль с ним ты мне пошли „прости" —
И смерть сумею я найти!»

Сильвий

Это вы называете бранью?

Селия

Увы, бедный пастух!

Розалинда. Ты его жалеешь? Нет, он не стоит жалости. — Как ты можешь любить подобную женщину? Она из тебя делает инструмент и разыгрывает на тебе фальшивые мелодии. Этого нельзя терпеть! Ладно, возвращайся к ней — видно, любовь сделала из тебя ручную змею — и скажи ей, что если она меня любит, я приказываю ей любить тебя; а если она этого не исполнит, я никогда не буду с ней иметь никакого дела, разве ты сам станешь меня умолять за нее. Если ты истинный влюбленный... Но ступай отсюда и ни слова больше, потому что к нам идут гости.

Сильвий уходит.
Входит Оливер.

Оливер

Привет, друзья! Не знаете ли вы,
Где мне найти здесь на опушке леса
Пастушью хижину среди олив?..

Селия

> На западе отсюда: там в лощине,
> Где ивы у журчащего ручья, —
> От них направо будет это место.
> Но дом сейчас сам стережет себя:
> В нем — никого.

Оливер

> Когда язык глазам помочь способен —
> По описанью я узнать вас должен:
> Одежда, возраст... «Мальчик — белокурый,
> На женщину похож, ведет себя
> Как старшая сестра... Девица — меньше
> И посмуглее брата». Так не вы ли
> Хозяева той хижины, скажите?

Селия

> Не хвастаясь, ответить можем: мы.

Оливер

> Орландо вам обоим шлет привет,
> Тому ж, кого зовет он Розалиндой,
> Платок в крови он шлет. Вы этот мальчик?

Розалинда

> Да, я... Но что же мы от вас узнаем?

Оливер

> Мой стыд, коль захотите знать, что я
> За человек и где и как был смочен
> Платок в крови.

Селия

> Прошу вас, расскажите.

Оливер

> Расставшись с вами, молодой Орландо
> Вам обещал вернуться через час.
> Он шел лесной тропинкой, погруженный
> То в сладкие, то в горькие мечтанья...
> Вдруг — что случилось? Кинул взор случайно —
> И что же видит он перед собой?
> Под дубом, мхом от старости поросшим,

С засохшею от дряхлости вершиной,
В лохмотьях, весь заросший, жалкий путник
Лежал и спал; а шею обвила
Ему змея зелено-золотая,
Проворную головку приближая
К его устам. Внезапно увидав
Орландо, в страхе звенья разомкнула
И, извиваясь, ускользнула быстро
В кусты. А в тех кустах лежала львица
С иссохшими от голода сосцами,
К земле приникнув головой, как кошка,
Следя, когда проснется спящий; ибо
По царственной натуре этот зверь
Не тронет никого, кто с виду мертв.
Тут к спящему приблизился Орландо —
И брата в нем узнал, родного брата!

Селия

Он говорил не раз об этом брате...
Чудовищем его он выставлял
Ужаснейшим.

Оливер

    И в этом был он прав.
Чудовищем тот был, я это знаю!

Розалинда

Но что ж Орландо? Он его оставил
На пищу львице тощей и голодной?

Оливер

Два раза уж хотел он удалиться:
Но доброта, что благородней мести,
И голос крови, победивший гнев,
Заставили его схватиться с зверем;
И львицу он убил. При этом шуме
От тягостного сна проснулся я.

Селия

Вы брат его?

Розалинда

    И это вас он спас?

Селия

Но вы ж его не раз убить хотели!

Оливер

Да, то был я; но я — не тот; не стыдно
Мне сознаваться, кем я был, с тех пор
Как я узнал раскаяния сладость.

Розалинда. Ну, а платок в крови?

Оливер

       Все объясню вам.
Когда с начала до конца мы оба
В благих слезах омыли свой рассказ
И он узнал, как я попал сюда, —
Он к герцогу добрейшему меня
Повел. Тот дал мне пищу и одежду
И братской поручил меня любви.
Тут брат повел меня к себе в пещеру,
Там снял одежды он, и я увидел,
Что львицей вырван у него клок мяса;
Кровь из руки текла, и вдруг упал он
Без чувств, успев лишь вскрикнуть: «Розалинда!»
Его привел я в чувство, руку я
Перевязал ему: он стал покрепче
И тут послал меня — хоть я чужой вам —
Все рассказать, просить у вас прощенья,
Что слова не сдержал, платок же этот
В крови отдать мальчишке-пастуху,
Что в шутку звал своей он Розалиндой.

Розалинда лишается чувств.

Селия

О, что с тобой, мой милый Ганимед?

Оливер

Иные вида крови не выносят.

Селия

О нет, тут больше. Роза... Ганимед!

Оливер

Очнулся он...

Розалинда
Домой, хочу домой.
Селия
Тебя сведем мы.
Прошу, возьмите под руку его.

Оливер. Подбодритесь, молодой человек. И это мужчина?.. У вас не мужское сердце!

Розалинда. Да, сознаюсь в этом. А что, сударь, не скажет ли всякий, что это было отлично разыграно? Пожалуйста, расскажите вашему брату, как я хорошо разыграл обморок... Гей-го!

Оливер. Ну нет, это не было разыграно: ваша бледность доказывает настоящее волнение.

Розалинда. Разыграно, уверяю вас!

Оливер. Ну, хорошо: так соберитесь с духом и разыграйте из себя мужчину.

Розалинда. Я так и сделаю. Но, по чистой совести, мне бы следовало быть женщиной!

Селия. Ты все бледнее и бледнее! Пойдем домой. — Будьте так добры, сударь, проводите нас.

Оливер
Охотно: я ведь должен принести
Слова прощенья Розалинды брату.

Розалинда. Я уж что-нибудь придумаю... Но только, пожалуйста, расскажите ему, как я ловко разыграл обморок. Идем!

Уходят.

АКТ V

СЦЕНА ПЕРВАЯ

Лес.
Входят Оселок и Одри.

Оселок. Уж мы найдем время, Одри; потерпи, милая Одри!

Одри. Право, тот священник отлично бы пригодился, что там ни говори старый господин.

Оселок. Нет, никуда не годный этот Оливер, в высшей степени гнусный путаник! Но, Одри, здесь в лесу есть молодой человек, который имеет на тебя притязания.

Одри. Да, я знаю кто. Никакого ему дела до меня нет. Да вот тот самый человек, про кого вы думаете.

Оселок. Меня хлебом не корми, вином не пои, только покажи мне какого-нибудь олуха. Право, нам, людям острого ума, за многое приходится отвечать. Мы не можем удержаться — непременно всех вышучиваем.

Входит Уильям.

Уильям. Добрый вечер, Одри.
Одри. И вам дай Бог добрый вечер, Уильям.
Уильям. И вам добрый вечер, сударь.
Оселок. Добрый вечер, любезный друг. Надень шляпу, надень; да прошу же тебя, накройся. Сколько тебе лет, приятель?

Уильям. Двадцать пять, сударь.

Оселок. Зрелый возраст! Тебя зовут Уильям?

Уильям. Уильям, сударь.

Оселок. Хорошее имя! Ты здесь в лесу и родился?

Уильям. Да, сударь, благодарение Богу.

Оселок. «Благодарение Богу»? Хороший ответ! Ты богат?

Уильям. Правду сказать, сударь, так себе.

Оселок. «Так себе». Хорошо сказано, очень хорошо, чрезвычайно хорошо; впрочем, нет, не хорошо, так себе! А ты умен?

Уильям. Да, сударь, умом Бог не обидел.

Оселок. Правильно ты говоришь. Я вспоминаю поговорку: «Дурак думает, что он умен, а умный человек знает, что он глуп». Языческий философ, когда ему приходило желание поесть винограду, всегда раскрывал губы, чтобы положить его в рот, подразумевая под этим, что виноград создан затем, чтобы его ели, а губы — затем, чтобы их раскрывали. Любишь ты эту девушку?

Уильям. Да, сударь.

Оселок. Давай руку. Ты ученый?

Уильям. Нет, сударь.

Оселок. Так поучись у меня вот чему: иметь — значит иметь. В риторике есть такая фигура, что когда жидкость переливают из чашки в стакан, то она, опорожняя чашку, наполняет стакан, ибо все писатели согласны, что «ipse»[1] — это он, ну а ты — не «ipse», так как он — это я.

Уильям. Какой это «он», сударь?

Оселок. «Он», сударь, который должен жениться на этой женщине. Поэтому ты, деревенщина, покинь, что, говоря низким слогом, значит — оставь, общество, что, говоря мужицким слогом, значит — ком-

---

[1] Сам, он самый *(лат.).*

панию, этой особы женского пола, что, говоря обыкновенным слогом, значит — женщины, а вместе взятое гласит: покинь общество этой особы женского пола, — иначе, олух, ты погибнешь, или, чтобы выразиться понятнее для тебя, помрешь! Я тебя убью, уничтожу, превращу твою жизнь в смерть, твою свободу в рабство; я расправлюсь с тобой с помощью яда, палочных ударов или клинка; я создам против тебя целую партию и сгублю тебя политической хитростью; я пущу в ход против тебя яд, или бастонаду, или сталь; я тебя погублю интригами, я умерщвлю тебя ста пятьюдесятью способами: поэтому трепещи — и удались!

Одри. Уйди, добрый Уильям!

Уильям. Сударь, да хранит вас Бог всегда таким веселым. *(Уходит.)*

Входит Корин.

Корин. Хозяин и хозяйка ищут вас: ступайте-ка, ступайте, поторапливайтесь!

Оселок. Беги, Одри, беги, Одри! — Иду, иду.

Уходят.

СЦЕНА ВТОРАЯ

Лес.
Входят Орландо и Оливер.

Орландо. Возможно ли, что при таком кратковременном знакомстве она сразу понравилась тебе? Едва увидев, ты полюбил? Едва полюбив, сделал предложение? Едва сделал предложение, как получил согласие? И ты настаиваешь на том, чтобы обладать ею?

Оливер. Не удивляйся сумасбродству всего этого, ни ее бедности, ни кратковременности нашего знакомства, ни моему внезапному предложению, ни ее внезапному согласию; но скажи вместе со мной, что я люблю Алиену; скажи вместе с ней, что она любит меня; и согласись с нами обоими, что мы должны обладать друг другом. Тебе это будет только на пользу, потому что и дом отца и все доходы, принадлежавшие старому синьору Роланду, я уступлю тебе, а сам останусь, чтобы жить и умереть пастухом.

Орландо. Я даю свое согласие. Назначим вашу свадьбу на завтра: я приглашу герцога и всю его веселую свиту. Иди и подготовь Алиену, потому что, видишь, сюда идет моя Розалинда.

Входит Розалинда.

Розалинда. Храни вас Бог, брат мой.

Оливер. И вас, прекрасная сестра. *(Уходит.)*

Розалинда. О мой дорогой Орландо, как мне грустно, что ты носишь сердце на перевязи.

Орландо. Только руку.

Розалинда. О, я думал, что твое сердце ранено львиными когтями.

Орландо. Оно ранено, но только глазами женщины.

Розалинда. Рассказал вам ваш брат, как я хорошо разыграл обморок, когда он показал мне ваш платок?

Орландо. Да, и еще о больших чудесах.

Розалинда. А я знаю, о чем вы говорите! Нет, это правда. Ничего не могло быть внезапнее — разве драка между двумя козлами или похвальба Цезаря: «Пришел, увидел, победил». Действительно: ваш брат и моя сестра едва встретились — взглянули друг на друга, едва взглянули — влюбились, едва влюбились — стали вздыхать, едва стали вздыхать — спросили друг у друга о причине вздохов, едва узнали причину — стали искать утешения... и так соорудили брачную лестницу, что теперь надо им без удержу взбираться на самый верх или быть невоздержанными до брака; они прямо в любовном бешенстве и тянутся друг к другу так, что их палками не разгонишь.

О р л а н д о. Они обвенчаются завтра. И я приглашу на свадьбу герцога. Но, Боже мой, как горько видеть счастье глазами других. Завтра я буду тем несчастнее, чем счастливее будет мой брат, овладевший предметом своих желаний.

Р о з а л и н д а. Как! Значит, завтра я уже не смогу заменить вам Розалинду?

О р л а н д о. Я не могу больше жить воображением!

Р о з а л и н д а. Так я не стану вас больше утомлять пустыми разговорами. Слушайте же меня — теперь я говорю совсем серьезно: я считаю вас человеком очень сообразительным; но говорю я это не для того, чтобы вы получили хорошее представление о моих суждениях, поскольку я вас таким считаю; равным образом я не стараюсь заслужить от вас больше уважения, чем нужно для того, чтобы вы немного поверили мне... Я хочу оказать вам услугу, а вовсе не прославить себя. Так вот, верьте, если вам угодно, что я могу делать удивительные вещи. Я с трехлетнего возраста завел знакомство с одним волшебником, чрезвычайно сильным в своем искусстве, но при этом не имевшим дела с нечистой силой. Если вы любите Розалинду так сердечно, как можно судить по вашему поведению, то, когда ваш брат женится на Алиене, вы женитесь на ней. Мне известно, в каких трудных обстоятельствах она находится, и у меня есть возможность — если вы не найдете это неуместным — показать ее вам завтра в настоящем виде, и притом не подвергая ее никакой опасности.

О р л а н д о. Неужели ты говоришь это серьезно?

Р о з а л и н д а. Да, клянусь моей жизнью, которую я дорого ценю, хотя и говорю, что я волшебник. Поэтому наденьте ваше лучшее платье и пригласите друзей, ибо, если вы желаете, завтра вы женитесь, и притом, если вам угодно, на Розалинде.

Входят Сильвий и Феба.

Смотрите — вот идут влюбленная в меня и влюбленный в нее.

Феба *(Розалинде)*

Как вы со мной жестоко поступили,
Что прочитали вслух мое письмо!

Розалинда

А что мне в том?.. Я и намерен вам
Жестоким и презрительным казаться.
Пастух ваш верный здесь: его цените,
Его любите; он вас обожает.

Феба. Мой друг пастух, скажи ему, что значит любить.

Сильвий

Вздыхать и плакать беспрестанно —
Вот так, как я по Фебе.

Феба

А я — по Ганимеду.

Орландо

А я — по Розалинде.

Розалинда

А я — ни по одной из женщин.

Сильвий

Всегда быть верным и на все готовым —
Вот так, как я для Фебы.

Феба

А я — для Ганимеда.

Орландо

А я — для Розалинды.

Розалинда

А я — ни для одной из женщин.

Сильвий

Быть созданным всецело из фантазий,
Из чувств волнующих и из желаний,

Боготворить, покорствовать, служить,
Терпеть, смиряться, забывать терпенье,
Быть чистым и сносить все испытанья —
Вот так, как я для Фебы.

Феба
  А я — для Ганимеда.
Орландо
  А я — для Розалинды.
Розалинда
  А я — ни для одной из женщин.
Феба
  Коль так, что ж за любовь меня винишь?
Сильвий
  Коль так, что ж за любовь меня винишь?
Орландо
  Коль так, что ж за любовь меня винишь?

Розалинда. Кому вы сказали: «Коль так, что ж за любовь меня винишь?»

Орландо. Той, кто не здесь... и кто меня не слышит.

Розалинда. Пожалуйста, довольно этого: вы точно ирландские волки, воющие на луну. *(Сильвию.)* Я помогу вам, если смогу. *(Фебе.)* Я полюбил бы вас, если бы мог. — Приходите завтра все ко мне. *(Фебе.)* Я обвенчаюсь с вами, если вообще обвенчаюсь с женщиной; а завтра я обвенчаюсь. *(К Орландо.)* Я дам вам полное удовлетворение, если вообще когда-нибудь дам удовлетворение мужчине; а завтра вы обвенчаетесь. *(Сильвию.)* Я обрадую вас, если вас обрадует обладание тем, что вам нравится; а завтра вы обвенчаетесь. *(К Орландо.)* Во имя любви к Розалинде, приходите. *(Сильвию.)* Во имя любви к Фебе, приходите. И во имя отсутствия у меня любви хотя бы к одной женщине — я вас встречу. Пока прощайте: я вам оставил мои приказания.

Сильвий. О, непременно, если буду жив.

Феба. Я тоже.

Орландо. Я тоже.

Уходят.

СЦЕНА ТРЕТЬЯ

Лес.
Входят Оселок и Одри.

Оселок. Завтра счастливый день, Одри: завтра мы обвенчаемся.

Одри. Я желаю этого всем сердцем и надеюсь, что это не бесчестное желание — стать замужней женщиной, как все другие. А вон идут два пажа изгнанного герцога.

Входят два пажа.

Первый паж. Счастливая встреча, почтенный господин.

Оселок. По чести, счастливая! Садитесь, садитесь, и скорей — песню!

Второй паж. Мы к вашим услугам. Садитесь посредине.

Первый паж. Как нам начинать? Сразу? Не откашливаться, не отплевываться, не жаловаться, что мы охрипли?.. Без обычных предисловий о скверных голосах?

Второй паж. Конечно, конечно, и будем петь на один голос — как два цыгана на одной лошади. *(Поет.)*

Влюбленный с милою своей —
Гей-го, гей-го, гей-нонино! —
Среди цветущих шли полей.
Весной, весной, милой брачной порой,
Всюду птичек звон, динь-дон, динь-дон...
Любит весну, кто влюблен!

Во ржи, что так была густа, —
Гей-го, гей-го, гей-нонино! —
Легла прелестная чета.
Весной, весной...

(и т. д.)

Запели песнь они о том, —
Гей-го, гей-го, гей-нонино! —
Как расцветает жизнь цветком.
Весной, весной...
>(и т. д.)

Счастливый час скорей лови. —
Гей-го, гей-го, гей-нонино!
Весна, весна — венец любви.
Весной, весной...
>(и т. д.)

Оселок. По правде, молодые люди, хотя слова вашей песенки и не очень глубокомысленны, но спета она была прескверно.

Первый паж. Вы ошибаетесь, сударь: мы выдерживали лад и с такта не сбивались.

Оселок. Наоборот, клянусь честью; а вот с моей стороны было неладно и бестактно слушать песню, лишенную такта и лада. Храни вас Бог... и исправь он ваши голоса. — Идем, Одри.

>Уходят.

СЦЕНА ЧЕТВЕРТАЯ

>Входят старый герцог, Амьен, Жак, Орландо, Оливер и Селия.

Старый герцог

И веришь ты, Орландо, что твой мальчик
Исполнить может все, что обещал?

Орландо

И верю, и не верю, и боюсь
Надеяться, и все-таки надеюсь.

>Входят Розалинда, Сильвий и Феба.

Розалинда

Минуточку терпения, пока
Наш договор мы точно обусловим.

(*Старому герцогу.*)

Так: если Розалинду приведу я,
Ее Орландо в жены вы дадите?

Старый герцог

Да, если б даже отдавал с ней царство.

Розалинда (*к Орландо*)

А вы ее готовы в жены взять?

Орландо

Да, если б даже был царем всех царств!

Розалинда (*Фебе*)

А вы готовы выйти за меня?

Феба

Да, если б даже смерть меня ждала!

Розалинда

Но если отречетесь от меня?
За преданного пастуха пойдете?

Феба

Торг заключен.

Розалинда (*Сильвию*)

А вы готовы Фебу в жены взять?

Сильвий

Да, будь она и смерть — одно и то же.

Розалинда

Я обещал все это вам уладить.
Сдержите ж слово, герцог, — дочь отдать;
А вы, Орландо, — дочь его принять;
Вы, Феба, — выйти замуж за меня,
А если нет — стать пастуха женою;
Вы ж, Сильвий, — с Фебой тотчас обвенчаться,
Когда откажет мне она. Теперь
Уйду я, чтобы это все уладить.

Розалинда и Селия уходят.

Старый герцог

Невольно что-то в этом пастушке
Мне дочери черты напоминает!

Орландо

Когда его я встретил, государь,
Подумал я, что он ей брат, по сходству.

Но, ваша светлость, он в лесу родился,
И здесь он получил начатки знанья
Магических наук и тайн — от дяди,
Которого считает славным магом,
Затерянным в лесном уединенье.

Входят Оселок и Одри.

Жак. Наверно, близится новый Всемирный потоп и эти пары идут в ковчег. Вот еще пара очень странных животных, которых на всех языках называют дураками.

Оселок. Поклон и привет всему обществу!

Жак. Добрый герцог, примите его благосклонно: это тот господин с пестрыми мозгами, которого я часто встречал в лесу; он клянется, будто живал при дворе.

Оселок. Если кто-нибудь в этом усомнится, пусть произведет мне испытание. Я танцевал придворные танцы; я ухаживал за дамами; я был политичен с моим другом и любезен с моим врагом; я разорил трех портных; я имел четыре ссоры, и одна из них чуть-чуть не окончилась дуэлью.

Жак. А как же эта ссора уладилась?

Оселок. А мы сошлись и убедились, что ссора наша была по седьмому пункту.

Жак. Как это — по седьмому пункту? Добрый герцог, прошу вас полюбить этого человека.

Старый герцог. Он мне очень полюбился.

Оселок. Награди вас Бог, сударь; об этом же я вас и прошу. Я поспешил сюда, сударь, с остальными этими деревенскими парочками, чтобы дать здесь клятву и нарушить ее, так как брак соединяет, а природа разъединяет. Бедная девственница, сударь, существо на вид невзрачное, сударь, но мое собственное; таков уж мой скромный каприз — взять себе то, чего никто другой не захочет: богатая добродетель живет, как скупец в бедной лачуге, вроде как жемчужина в мерзкой устрице.

Старый герцог. Клянусь честью, он быстр, умен и меток.

Оселок. Как и должны быть стрелы шута, сударь, и тому подобные приятные неприятности.

Жак. Но вернемся к седьмому пункту. Как вы убедились, что ссора у вас вышла именно по седьмому пункту?

Оселок. Она произошла из-за семикратно опровергнутой лжи. — Держись приличней, Одри! — Вот как это было, государь. Мне не понравилась форма бороды у одного из придворных. Он велел передать мне, что если я нахожу его бороду нехорошо подстриженной, то он находит ее красивой; это называется **учтивое возражение**. Если я ему отвечу опять, что она нехорошо подстрижена, то он возразит мне, что он так стрижет ее для своего собственного удовольствия. Это называется **скромная насмешка**. Если я опять на это скажу «нехорошо подстрижена», он скажет, что мое суждение никуда не годится. Это будет грубый ответ. Еще раз «нехорошо» — он ответит, что я говорю неправду. Это называется смелый упрек. Еще раз «нехорошо» — он скажет, что я лгу. Это называется **дерзкая контратака**. И так — **до лжи применительно к обстоятельствам и лжи прямой**.

Жак. Сколько же раз вы сказали, что его борода плохо подстрижена?

Оселок. Я не решился пойти дальше **лжи применительно к обстоятельствам**, а он не посмел довести до **прямой**. Таким образом, мы измерили шпаги и разошлись.

Жак. А вы можете перечислить по порядку все степени лжи?

Оселок. О, сударь, мы ссорились по книжке; есть такие книжки для изучения хороших манер. Я назову все степени: первая — учтивое возражение, вторая — скромная насмешка, третья — грубый ответ, четвертая — смелый упрек, пятая — дерзкая контратака, шестая — ложь применительно к обстоятельствам и седьмая — прямая ложь. Все их можно удачно обойти, кроме прямой лжи, да и ту можно обойти при помощи словечка «если». Я знал случай, когда семеро судей не могли уладить ссоры, но когда оба противника сошлись, то один из них вспомнил о словечке «если», то есть «если вы сказали то-то, то я сказал то-то»... После этого они пожали друг другу руки и поклялись в братской любви. О, «если» — это великий миротворец; в «если» огромная сила.

Жак. Ну не редкостный ли это человек, ваша светлость? Он во всем такой же молодец, а между тем — шут.

Старый герцог. Он употребляет свое шутовство как прикрытие, из-под которого пускает стрелы своего остроумия.

> Входят Гименей, Розалинда и Селия.
> Тихая музыка.

Гименей

> На небе ликованье,
> Когда в земных созданьях
>   Царит согласье.
> О герцог, дочь родную
> С небес тебе верну я
>   Гимена властью,
> Чтоб ты теперь ее вручил
> Тому, кто сердцу девы мил.

Розалинда *(старому герцогу)*

> Вам отдаюсь я, так как я вся ваша.

(К Орландо.)

> Вам отдаюсь я, так как я вся ваша.

Старый герцог

> Коль верить мне глазам, ты — дочь моя!

Орландо

> Коль верить мне глазам, вы — Розалинда!

Феба
>Коль правду вижу я,
>Прощай, любовь моя!

Розалинда *(старому герцогу)*
>Коль не тебя, не нужно мне отца.
>>*(К Орландо.)*
>Коль не тебя, не нужно мне супруга.
>>*(Фебе.)*
>Ты — иль никто не будет мне женой.

Гименей
>Довольно! Прочь смятенье!
>Я должен заключенье
>Всем чудесам принесть.
>Здесь — восьмерых союзы
>Гимена свяжут узы,
>Коль в правде правда есть.
>>*(К Орландо и Розалинде.)*
>Вам — быть неразлучными вечно!
>>*(Оливеру и Селии.)*
>Вам — любить всегда сердечно!
>>*(Фебе, указывая на Сильвия.)*
>Быть его — судьба твоя,
>Или взять женщину в мужья.
>>*(Оселку и Одри.)*
>Вы же связаны природой,
>Как зима с плохой погодой. —
>Брачный гимн мы вам споем.
>Потолкуйте обо всем.
>Вам разум объяснит всецело,
>Как мы сошлись, чем кончим дело.
>>*(Поет.)*
>О брак, Юноны ты оплот,
>Святой союз стола и ложа!
>Гимен людей земле дает,
>Венчаньем населенье множа.
>Гимен, бог всей земли! Почтим
>Тебя хвалением своим.

Старый герцог
> Племянница, обнять тебя хочу я
> Не менее, чем дочь мою родную!

Феба *(Сильвию)*
> Сдержу я слово — и теперь ты мой.
> Ты стал мне дорог верностью большой.

Входит Жак де Буа.

Жак де Буа
> Прошу, позвольте мне сказать два слова!
> Я средний сын Роланда де Буа.
> Собранью славному несу я вести,
> Что герцог Фредерик, все чаще слыша,
> Как в этот лес стекается вся доблесть,
> Собрал большую рать и сам ее
> Повел как вождь, замыслив захватить
> Здесь брата и предать его мечу.
> Так он дошел уж до опушки леса,
> Но встретил здесь отшельника святого.
> С ним побеседовав, он отрешился
> От замыслов своих, да и от мира.
> Он изгнанному брату возвращает
> Престол, а тем, кто с ним делил изгнанье, —
> Все их владения. Что это правда —
> Клянусь я жизнью.

Старый герцог
>   Юноша, привет!
> Ты к свадьбе братьев дар принес прекрасный.
> Владенья — одному из них, другому —
> Весь край родной и герцогство в грядущем,
> Но раньше здесь, в лесу, покончим все,
> Что началось и зародилось здесь же;
> А после каждый из числа счастливцев,
> Что с нами дни тяжелые делили,
> Разделит к нам вернувшиеся блага,
> Согласно положенью своему.

Пока ж забудем новое величье
И сельскому веселью предадимся. —
Эй, музыки! — А вы, чета с четой —
Все в лад пуститесь в пляске круговой.

Жак

Скажите мне! Когда я верно понял,
То бывший герцог жизнь избрал святую
И презрел роскошь пышного двора?

Жак де Буа

Да, так!

Жак

Пойду к нему. У этих обращенных
Есть что послушать и чему учиться.

(Старому герцогу.)

Вас оставляю прежнему почету;
Терпеньем он и доблестью заслужен.

(К Орландо.)

Вас — той любви, что верность заслужила.

(Оливеру.)

Вас — вашим землям, и любви, и дружбе.

(Сильвию.)

Вас — долгому заслуженному браку.

(Оселку.)

Вас — драке; в брачный путь у вас припасов
На месяц-два. Желаю развлекаться!
А я не склонен пляской услаждаться.

Старый герцог. Останься, Жак!

Жак

Ну нет! Я не любитель развлечений;
В пещере ваших буду ждать велений.

(Уходит.)

Старый герцог

Вперед, вперед! Начнем мы торжество
И так же кончим в радости его!

Пляска.
Уходят.

ЭПИЛОГ

Р о з а л и н д а. Не принято выводить женщину в роли Эпилога, но это нисколько не хуже, чем выводить мужчину в роли Пролога. Если правда, что хорошему вину не нужно этикетки, то правда и то, что хорошей пьесе не нужен Эпилог. Однако на хорошее вино наклеивают этикетки, а хорошие пьесы становятся еще лучше при помощи хороших Эпилогов. Каково же мое положение? Я — не хороший Эпилог и заступаюсь не за хорошую пьесу! Одет я не по-нищенски, значит, просить мне не пристало; мне надо умолять вас, и я начну с женщин. О женщины! Той любовью, которую вы питаете к мужчинам, заклинаю вас одобрить в этой пьесе все, что вам нравится в ней. А вас, мужчины, той любовью, что вы питаете к женщинам, — а по вашим улыбкам я вижу, что ни один из вас не питает к ним отвращения, — я заклинаю вас сделать так, чтобы и вам и женщинам пьеса наша понравилась. Будь я женщиной, я расцеловала бы тех из вас, чьи бороды пришлись бы мне по вкусу, чьи лица понравились бы мне и чье дыханье не было бы мне противно; поэтому я уверен, что все, у кого прекрасные лица, красивые бороды и приятное дыханье, в награду за мое доброе намерение ответят на мой поклон прощальными рукоплесканиями. *(Уходит.)*

ПОСЛЕСЛОВИЕ

«МНОГО ШУМА ИЗ НИЧЕГО»

Комедия эта при жизни Шекспира была издана лишь один раз в кварто 1600 года. Это вполне удовлетворительный текст, от которого посмертное фолио отличается очень мало.

Время возникновения пьесы определяется тем, что она не упоминается у Мереса в списке шекспировских пьес, опубликованном в 1598 году. Еще точнее можно ее датировать благодаря тому обстоятельству, что в нескольких репликах Кизила в кварто говорящий обозначен именем не изображаемого персонажа, а его исполнителя — известного комика Кемпа. Между тем мы знаем, что Уильям Кемп ушел из шекспировской труппы в 1599 году. Таким образом, появление пьесы несомненно относится к театральному сезону 1598/99 года.

У Шекспира мало найдется пьес, где бы он так близко придерживался своего сюжетного источника. История оклеветанной с помощью инсценировки любовного свидания девушки и притворной смерти ее как средства восстановления ее чести, составляющая главную сюжетную основу комедии, встречается в новелле 22-й Банделло (1554), переведенной на французский язык тем самым Бельфоре («Трагические истории», 1569, рассказ 3), у которого была взята и фабула шекспировского «Гамлета». Кроме того, сюжет этой новеллы воспроизвел с большой точностью, изменив лишь имена и место действия, Ариосто в эпизоде Ариоданта и Джиневры («Неистовый Роланд», песнь V). Еще до появления в 1591 году полного перевода на английский язык поэмы Ариосто эпизод этот был переведен отдельно и использован как в поэме Спенсера «Царица фей» (1590; песнь V), так и в анонимной, не дошедшей до нас пьесе «Ариодант и Джиневра», исполнявшейся в придворном театре детской труппой в 1583 году.

Шекспир, без сомнения, был знаком с обеими редакциями этой повести — как Банделло (через посредство Бельфоре), так и Ариосто (прямо или через посредство одной из названных английских его переделок), ибо только у Бельфоре приводятся имена Леонато и Педро Арагонского и действие происходит в Мессине, а с другой стороны, хитрость клеветника в этой редакции сводится лишь к тому, что его слуга влезает ночью через окно в одну из комнат дома Леонато, без сознательного сообщничества служанки героини, которое добавлено у Ариосто, но отсутствует у Шекспира.

В сюжетном отношении Шекспир почти ничего не изменил в своих источниках. Нельзя также сказать, чтобы он особенно углубил характеры главных персонажей, которые у него даны довольно схематично. Интересное развитие получил только образ дона Хуана, прототип которого обрисован в обеих версиях очень слабо. У Банделло, например, клеветник (Тимбрео) — отнюдь не злой человек; он опорочивает девушку только из зависти, а после того, как план его удался, раскаивается и сам открывает жениху всю правду. У Шекспира, наоборот, все действия дона Хуана последовательны и достаточно мотивированы гордостью и озлобленностью незаконнорожденного и нелюбимого при дворе принца.

Зато вполне оригинальна присоединенная Шекспиром к основной фабуле вторая сюжетная линия — история Бенедикта и Беатриче, характеры которых, кстати, наиболее индивидуализированы в пьесе. А к этому надо еще добавить великолепно развитый и разросшийся почти до самостоятельного действия эпизод с двумя полицейскими.

Основную прелесть этой комедии, пользовавшейся во времена Шекспира огромным успехом на сцене — подобно тому как она пользуется им и сейчас, — составляет то мастерство, с каким Шекспир слил вместе эти три идейно и стилистически столь разнородные темы, совместив требования драматического единства со своим обычным стремлением обогатить и разнообразить действие. Средством для этого ему служит единая идея, проходящая в трех разных планах и крепко связывающая пьесу одним общим чувством жизни. Это — чувство зыбкости, обманчивости наших впечатлений, которое может привести к великим бедам и от которого человеку неоткуда ждать помощи и спасения, кроме счастливого случая, доброй судьбы.

Вся пьеса построена на идее обмана чувств, иллюзорности наших впечатлений, и эта иллюзорность симметрично прослеживается в трех планах, образуя глубокое стилистическое и идейное единство комедии. Внешне этой цели всякий раз служит один и тот же драматический прием — вольное или невольное подслушивание (или подсматривание), но всякий раз психологически и морально осмысливаемое по-иному.

Первая и основная тема пьесы — история оклеветанной Геро — носит отчетливо драматический характер. Примесь трагического элемента присуща в большей или меньшей степени почти всем комедиям, написанным Шекспиром в пятилетие, предшествующее созданию его великих трагедий (например, «Венецианский купец», «Как вам это понравится» и т. д.). Но ни в одной из них этот элемент так не силен, как в рассматриваемой комедии. Кажется, в ней Шекспир уже предвосхищает тот мрачный взгляд на жизнь, то ощущение неотвратимости катастроф, которое вскоре станет господствующим в его творчестве. Но только сейчас у него еще сохраняется «комедийное» ощущение случайности, летучести всего происходящего, оставляющее возможность внезапного счастливого исхода, и не возобладало представление о неизбежности конфликтов, завершающихся катастрофой.

В частности, ситуация «Много шума» имеет много общего с ситуацией «Отелло». Клавдио — благороднейшая натура, но слишком доверчивая, как Отелло, и чрезмерно пылкая, как и он. Оскорбленный контрастом между видимой чистотой Геро и примерещившимся ему предательством, он не знает меры в своем гневе и к отвержению невесты присоединяет еще кару публичного унижения (что, впрочем, соответствовало понятиям и нравам эпохи). Дон Хуан помимо естественного чувства обиды самой природой своей расположен ко злу: как для Яго невыносима «красота» существования Кассио, так и подлому бастарду нестерпимы благородство и заслуги Клавдио. Также и Геро, подобно Дездемоне, бессильно и безропотно склоняется перед незаслуженной карой как перед судьбой. Наконец, и Маргарита не лишена сходства с чересчур беспечной и бездумной, покорной мужу (или любовнику) Эмилией. Им обеим чужда моральная озабоченность, активная преданность любимой госпоже: иначе такое чувство предостерегло бы их и побудило бы предостеречь жертву.

Но мы здесь в мире доброй, ласковой сказки, — вот почему все кончается счастливо. И потому, заметим, все изображено бархатными, пастельными, а не огненными, жгучими тонами «Отелло». А отсюда — возможность стилистического слияния с двумя другими, комическими частями пьесы — не только с историей Беатриче и Бенедикта, но и с эпизодом двух очаровательных полицейских.

Вторая, комическая тема пьесы тесно связана с первой. Обе они дополняют друг друга не только сюжетно, но и стилистически. Первая в решительный момент переводит вторую в серьезный и реалистический план, тогда как вторая смягчает мрачные тона первой, возбуждая предчувствие возможной счастливой развязки. Возникает ощущение сложной, многопланной жизни, где светлое и мрачное, смех и скорбь не сливаются между собой (как в «Венецианском купце» или хотя бы в «Двух веронцах»), но чередуются, соседствуют друг с другом, подобно тому как в рисунках «белое и черное» оба тона оттеняют один другой силой контраста, придавая друг другу выразительность и приводя целое к конечному единству. Отсюда, при мягкости и гармонии речи этой пьесы, в ее конструкции и общем колорите есть нечто «испанское» (по жгучести и пылкости), напоминающее позднейшую «Меру за меру».

Взрыву любви Бенедикта—Беатриче предшествует долгая пикировка между ними, блестящее состязание в колкостях и каламбурах, которое похоже на войну двух убежденных холостяков, но на деле прикрывает глубокое взаимное влечение, не желающее самому себе признаться. Комментаторы, ищущие всюду и во всем готовых литературных источников, полагают, что кое-что в этой перестрелке навеяно такой же дуэлью остроумия между Гаспаро Паллавичина и Эмилией Пиа, описанной в книге Бальдассаре Кастильоне «Придворный» (1528), переведенной на большинство европейских языков, и в том числе на английский — в 1561 году. Книга эта, считавшаяся руководством благородного образа мыслей и изящных бесед, была, без сомнения, известна Шекспиру, и он мог мимоходом почерпнуть из нее несколько острот и каламбуров, вложенных им в уста Беатриче и Бенедикта. Но ситуация у Кастильоне совсем иная, не говоря о том, что кое в чем могли быть и просто совпадения. Существеннее то, что уже в целом ряде более ранних своих комедий Шекспир разрабатывал ту же самую ситуацию: поединок остроумия между молодым человеком и девушкой, предшествующий зарождению между ними любви. Довольно развернуто дана такая ситуация в «Укрощении строптивой», но еще более разработана она в «Бесплодных усилиях любви», где пара Бирон—Мария является прямой предшественницей пары Бенедикт—Беатриче.

Параллелизм этот, по-видимому, не случаен, ибо в том самом 1598 году, когда возникла комедия «Много шума...», старая названная нами пьеса, написанная за четыре-пять лет до того, была не только поставлена на сцене придворного театра, но и издана кварто. Видимо, интерес к названному мотиву оживился к этому времени снова, и у Шекспира явилось желание разработать его еще раз, и притом углубленно, что он и сделал. Веселую сцену пикировки, лишенную в «Бесплодных усилиях любви» всякого психологического обоснования, он здесь насквозь психологизировал.

Прежде всего, Бирон у него совсем не является по самой своей натуре таким женоненавистником, как Бенедикт. С другой стороны, Розалинда далеко не так строптива, как Беатриче. Их перестрелка не выходит за пределы обычного поддразнивания и заигрывания, свойственного тому, что нынешние потомки Шекспира называют «флиртом». Но Беатриче — натура гордая и требовательная. Ей нужно, чтобы ее избранник не был ни молодым вертопрахом, ни человеком с увядшими чувствами, ищущим спокойного и удобного брака; ей нужен человек, который соединял бы в себе пылкость юноши и опытность мужчины. А где такого найти? И что, если, делая выбор (а он, кажется, ею уже сделан!), ошибешься? Беатриче — натура сильная, мало чем уступающая Порции в «Венецианском купце». Она хочет научить уважать себя как человека. И потому из гордости она не выдает своих чувств, боясь насмешки, и приходит к отрицанию любви.

Как обычно бывает у Шекспира, он более тщательно, более заботливо исследует чувства женщины, обозначая чувства мужчины суммарно и лаконично, как более натуральные, более понятные зрителю. Но и в задорном упрямстве Бенедикта мы видим проявление его личного характера, нечто принципиальное, роднящее его с Беатриче: такое же благородство чувств и такую же сердечную гордость. Но последняя является вместе с тем и преградой, разделяющей их.

Однако несчастье, постигшее Геро, ломает эту преграду и, пробудив в юных сердцах их лучшие чувства: в ней — верность и твердость дружбы, в нем — способность к самопожертвованию, — бросает их в объятия друг друга. И одно мгновение кажется — такова композиционная тонкость пьесы, — что основное, серьезное действие только и существует для того, чтобы служить опорой второму действию, собственно комедийному. Горе — жалость — любовь: вот линия развития всей пьесы. В сравнении с этой мощной логикой чувств чисто подсобную роль играет та интрига, которая внешним образом приводит к желанному результату. Это тот же прием подслушивания, который явился пружиной и основного, трагического действия. Но только здесь прием подслушивания использован на редкость оригинально: заговорщики, шепчущие именно то, что они хотят довести до сведения влюбленных, заставляют последних вообразить, что они случайно подслушали разговор. Минус на минус в алгебре дает плюс; две перемноженные фикции в действительности дают истину. Закон шекспировской комедии: чем смешнее, тем трогательнее; чем иллюзорнее, тем правдивее.

Комическое (или комедийное) в этой удивительной пьесе перевешивает трагическое. Но, как все это нами было изложено выше, оно слишком абстрактно, ему недостает материальной плотности. Чтобы придать ее пьесе, Шекспир вносит в нее третью тему, элемент бытового гротеска: эпизод с двумя полицейскими. Эпизод этот имеет весьма реальное основание. Канцлер Елизаветы Берли в 1586 году писал другому ее министру, Уолсингему, в выражениях, весьма близких к тексту комедии, что Англия полна таких блюстителей общественного порядка, которые «сторонятся преступления, как чумы», предпочитая болтать, спать, пить эль и ничего не делать. Как мы видим, шекспировские зрители воспринимали эти образы не только как гротеск, но и как кусочек действительности. Поясним, между прочим, что Кизил и его собратья не являются полицейскими на королевской службе. Они принадлежат к той добровольной страже, которая создавалась корпорациями горожан для охраны порядка, особенно в ночное время. В такие стражи нанимались те, кто ни к какому другому делу не был приспособлен. Не случайно поэтому литература той эпохи полна шуток и острот по адресу безалаберных и нерасторопных людей, взявших на себя миссию охраны общественного порядка.

О том, что Шекспир списал образы стражников с натуры, сохранилось предание, записанное в 1681 году любителем старины Джоном Обри. «Бен Джонсон и он (Шекспир. — *А. А.*), — сообщает Обри, — где бы они ни оказывались, повседневно подмечали странности людей (humours)». И вот пример этого: «Характер констебля из „Сна в летнюю ночь" он списал в Грендоне-на-Баксе, по дороге из Лондона в Стретфорд, и этот констебль еще жил там в 1642 году, когда я впервые направлялся в Оксфорд. Мистер Джоз Хоу из этого прихода знал его». Простим антиквару его ошибку — он спутал «Сон в летнюю ночь» с «Много шума из ничего», но предание, сообщаемое им, от этого не утрачивает своей ценности. Оно лишний раз подтверждает наше ощущение жизненности этих забавных фигур, введенных Шекспиром. Но, конечно, только Шекспир мог сделать их такими живыми в пьесе и так вплести в ее действие, что без них оно многое теряет в комизме.

Кизил — невероятно чванливый глупец, к тому же постоянно путающий слова. Желая придать себе как можно больше значительности, он любит пользоваться юридическими терминами, помпезными словами и выражениями, но, будучи малограмотным, все время впадает в ошибки. Его постоянный спутник Булава под стать ему.

Словоохотливость Кизила способна вывести из себя самого терпеливого человека. Уже обладая ключом к той грязной интриге, которая направлена против Геро, он, однако, не в состоянии помешать тому, чтобы клевета пала на чистую девушку. Да его это и не заботит. Он, как мы помним, больше всего взволнован тем обстоятельством, что его обозвали ослом. Он и ходит теперь жаловаться на это, разнося повсюду, что его обругали ослом, и требуя, чтобы это было документально зафиксировано.

Незачем распространяться о том, насколько комична эта фигура и сколько юмора вложил Шекспир в изображение ее. Парадоксально, однако, то, что именно глупость Кизила в конечном счете приводит к спасению чести Геро. То, чего не смогли сделать все умные люди из круга героини, сделали эти нелепые ночные стражи. Они нашли виновников клеветы и содействовали их разоблачению. Понятно, этим комическая окраска финала и всей пьесы еще усиливается.

И наконец, не следует забывать еще об одном аспекте пьесы — нарядном и праздничном, несмотря на прорезывающие ее трагические нотки. Действие все время развивается на фоне торжественных встреч, празднеств, балов, прогулок по парку, на фоне цветущей природы знойного юга, благоухающих в ночной темноте цветов, шляп, украшенных перьями, и гибких клинков шпаг. В этой комедии еще больше, чем в других, Шекспир хотел дать почувствовать всю роскошь жизни и притаившееся в ней, стерегущее человека зло.

«КАК ВАМ ЭТО ПОНРАВИТСЯ»

Комедия «Как вам это понравится»[1] вместе с «Двенадцатой ночью» и «Много шума из ничего» увенчивает серию ранних комедий Шекспира, полных нежного лиризма, ласки и жизнерадостности.

---

[1] Заглавие это допускает несколько толкований. Большинство критиков XIX века, связывая его с содержанием Эпилога к пьесе, склонно было понимать это заглавие как просьбу автора к зрителям о снисхождении: примите, мол, нашу пьесу как вам будет угодно; пусть каждый найдет в ней и одобрит то, что ему больше всего понравится. Однако новейшие критики относят его не к содержанию пьесы, а исключительно к ее наименованию: «назовите это как хотите». Ввиду неясности вопроса мы сохраняем традиционный русский перевод заглавия.

Время ее написания определяется довольно просто: отсутствие ее в списке Мереса указывает, что она возникла не ранее 1598 года. С другой стороны, один книгоиздатель взял лицензию на ее опубликование в 1600 году. Следовательно, пьеса была написана в 1599 или 1600 году. Правда, лицензия не была использована, и пьеса была опубликована впервые лишь в фолио 1623 года.

Если «Сон в летнюю ночь» является трансформированной «маской», то комедия «Как вам это понравится» содержит в себе элементы, также трансформированные, другого драматического жанра — пасторали.

Основные сцены пьесы протекают в лесу, где добрый изгнанный герцог ведет с последовавшими за ним придворными простую и здоровую жизнь, которую он так убедительно восхваляет:

> Ну что ж, друзья и братья по изгнанью!
> Иль наша жизнь, когда мы к ней привыкли,
> Не стала много лучше, чем была
> Средь роскоши мишурной? Разве лес
> Не безопаснее, чем двор коварный?
> ....
> Находит наша жизнь вдали от света
> В деревьях — речь, в ручье текучем — книгу,
> И проповедь — в камнях, и всюду — благо.
>
> *(II, 1)*

После того как Боккаччо в своих «Фьезоланских нимфах» дал первый в европейской поэзии образец пасторали, насытив взятую у древних (например, у Вергилия) схему гуманистическими чувствами и живым реалистическим содержанием, жанр повествовательной и драматической пасторали испытал большую эволюцию, причем в основном он аристократизировался. Таковы виднейшие образцы пасторального романа или поэмы конца XV и XVI века: в Италии — «Аркадия» Саннадзаро (ок. 1490 г.), в Испании — «Презрение ко двору и хвала сельской жизни» Антонио де Гевары (1539; в том же году было переведено на английский язык Франсисом Брайаном; незадолго до появления комедии Шекспира перевод этот вышел новым изданием) и «Диана» Монтемайора (1559), в Англии — произведения современников Шекспира: «Ода о презрении ко двору», роман «Аркадия» Филиппа Сидни и роман «Розалинда» или «Золотое наследие Эвфуса» Томаса Лоджа (1590; затем вышло еще несколько изданий в 90-х гг.). Последний из этих романов и послужил сюжетным источником шекспировской комедии[1].

Шекспир весьма близко придерживается своего источника, изменяя лишь все собственные имена (кроме Розалинды). Из более крупных его отклонений отметим лишь введение им таких значительных персонажей, как придворный шут Оселок и меланхолический Жак. Он опустил также несколько мелких сюжетных деталей. Но гораздо важнее всего этого внесенное им коренное изменение духа и смысла рассказа.

В романе Лоджа, так же как и во всех перечисленных выше образцах жанра, изображающих прелесть жизни на лоне природы, среди простых и честных пастухов, довольных своим скромным уделом и способных на благородные чувства, несомненно звучит здоровый протест против типичного для той эпохи разврата феодальных дворов и жестокой, беззастенчивой хищности входящей в силу буржуазии. Но по существу это призыв не к поискам лучших, более справедливых форм активной жизни, а к уходу от действительности в мир отвлеченной, идеальной мечты. Пастушеская жизнь в этих произведениях изображена в условных, слащавых тонах, имеющих мало общего с реальностью. Пастухи и пастушки, томно вздыхающие, изысканно вежливые, сочиняющие вычурные стихи, — в сущности, переряженные аристократы. Таков же и слог этих поэм-романов, чрезвычайно манерный и витиеватый.

Шекспир придал всему этому совершенно иной характер и направленность. Прежде всего он заострил в своей комедии сатирический момент, осудив устами некоторых ее персонажей порочность современного ему городского, особенно столичного общества. Старый честный слуга Адам сетует

---

[1] Источником романа Лоджа, в свою очередь, является анонимная, раньше приписывавшаяся Чосеру повесть о Гамелине (XIV в.). Существовало мнение, что Шекспир наряду с романом Лоджа знал также и повесть о Гамелине, откуда он почерпнул несколько сюжетных деталей. Но сейчас это мнение не находит поддержки среди исследователей.

о наступившем упадке нравов, когда достоинства человека «являются врагами» ему, а Орландо, восхваляя благородство души Адама, называет его примером

> Той честной, верной службы прежних лет,
> Когда был долгом труд, а не корыстью.
>
> *(II, 3)*

Умный шут Оселок, хотя и сам отравлен придворной культурой, обличает лицемерие и пошлость знати. Меланхолический Жак бичует бессердечие «жирных мещан», в стремительном беге за наживой бросающих без помощи раненого товарища, чванство разбогатевших горожан, которые «наряды княжеские надевают на тело недостойное свое», жен ювелиров с тупыми и пошлыми надписями на их кольцах (весьма ярко все это выражено в его размышлениях о раненом олене — II, I).

В свете этих высказываний получает особый смысл изображение в пьесе злых и беззаконных поступков. Захват престола насильником Фредериком и ограбление Орландо его старшим братом — это лишь проявление воцарившейся всюду погони за наживой, бессердечия. По сравнению с этим жизнь изгнанников в лесу оказывается действительно полной нравственной чистоты и здоровой человечности. Не случайно поэтому при первом упоминании в пьесе о лесной жизни герцога и его приближенных они сравниваются не с томными пастухами, а с Робином Гудом, героем английских народных баллад, собравшим, по преданию, отряд «благородных» разбойников в целях борьбы против злых насильников — богачей и помощи беднякам (I, 1).

Вообще же, рисуя картину жизни среди природы, Шекспир придает ей, насколько это возможно, правдоподобие. Бесспорно, и в его пьесе есть черты специфически «пасторального» стиля: таковы страдающий от неразделенной любви пастушок Сильвий и прециозно жеманная, зараженная аристократическим эвфуизмом пастушка Феба. Но эти образы носят скорее характер шутливой пародии, так как Шекспир для снижения их выводит рядом фигуру избранницы Оселка крестьянки Одри, в словах и поведении которой так много здравого смысла и прямодушия. Преодоление пасторального идеала в этой пьесе достигается также помимо пародирования любовного дуэта Сильвия—Фебы выступлением старого пастуха Корина с вымазанными дегтем руками, жалующегося на суровый нрав своего хозяина, богатого пастуха. Так Шекспир вкрапливает реалистические черточки в свое идиллически-мечтательное изображение жизни на лоне природы.

Существенно то, что, отдавая дань пасторальному стилю (тому, что можно было бы назвать реалистическим вариантом его), Шекспир преодолевает пасторальность еще и тем, что показывает пребывание изгнанников в лесу как вынужденное и привлекательное лишь до того момента, когда победа над злыми силами позволяет всем вернуться к реальной и деятельной жизни. В лесу остается лишь брюзгливый мечтатель Жак, полный мизантропии и предпочитающий одиночество среди природы людскому обществу, неисправимо, по его мнению, глупому и пошлому. Некоторые критики, например Брандес, хотели видеть в Жаке прообраз Гамлета и считали его речи выражением образа мыслей самого Шекспира. Без сомнения, в уста Жака Шекспир вложил ряд своих собственных тонких наблюдений, но в целом, конечно, автор этой очаровательной, веселой и дышащей любовью к природе и людям пьесы бесконечно далек от унылого человеконенавистника Жака. Шекспир в этой пьесе явно заодно с теми, на чью сторону он привлекает все симпатии зрителей: с Орландо, воплощающим в себе юную силу и смелость, наряду со способностью глубоко и благородно чувствовать, и Розалиндой, такой же смелой и глубоко чувствующей, но вместе с тем пленительно остроумной и нежной.

Новый оттенок «пасторальному» жанру Шекспир придает в этой пьесе трактовкой обстановки действия. В пьесе есть некоторые указания на то, что местом и временем действия в ней является Фламандско-Бургундское княжество XV века: Арденнский лес, некий герцог, суверенно правящий в этих краях, французская форма большинства имен. Но дело в том, что в Англии, в близком Шекспиру Уоркшире, был тоже Арденнский лес (с ударением на первом слоге), тесно связанный с фольклорной традицией о Робине Гуде. Отсюда Шекспир и черпал краски для обрисовки своего Арденнского леса. Несомненно, надо предположить, что географическая локализация леса двоилась в его сознании, приближаясь к у т о п и ч е с к о м у образу. Лиственный лес, где водятся змеи и львы, — этого не бывало ни в английских, ни во французских лесах той эпохи. Этот абсолютно сказочный лес является не только местом, но и фактором действия, подобно афинскому лесу в «Сне в летнюю ночь». Этим отчасти объясняется и легкость исправления «злодеев», едва они попадают в его атмосферу (Оливер, узурпатор герцог). Мы здесь оказываемся в сказочной стране чудес, очень далекой от слащаво-жеманных «красот» пасторальной фантазии.

Музыка и пение насыщают эту прелестную комедию. Но это не условная мелодика итальянских напевов, а нечто родственное по духу лихим песням Робина Гуда и его товарищей, беспечно и радостно живущих «под зеленым деревом», и задорным хорам английских охотников. К этим народным корням восходит инспирация данной комедии Шекспира.

В этой пьесе, самая обстановка которой не оставляет места для «злых», имеется целый ряд положительных образов: старый герцог, Амьен, Адам, Корин... Но все они тускнеют и отступают на задний план перед основной парой — Розалиндой и Орландо. Орландо — идеальная, рыцарственная натура того же склада, что Эдгар в «Лире», соединяющая в себе силу и смелость с душевной тонкостью, обладающая фантазией, которая позволяет ей вести себя сообразно обстоятельствам — то как разбойник с большой дороги, то как нежный юноша, слагающий любовные стихи. Он образован, не учившись, воспитан без школы.

Розалинда — воплощение нежности и деятельного начала в жизни. Лукавая, задорная, плетущая свои прелестные интриги в Арденнском лесу, словно лесной дух, ставший духом жизни.

Вся пьеса похожа на сказку, но сказку почти без событий, — скорее на мечту, фантазию, сюиту грез, полных сладостной нежности и любви к жизни.

А. Смирнов

ПРИМЕЧАНИЯ

«МНОГО ШУМА ИЗ НИЧЕГО»

С. 6. *Действующие лица: Борачио* — смысловое имя. По-испански оно означает «пьяница» (borracho).

С. 8. ...*предложил состязаться тупыми стрелами.* — Тупые стрелы употреблялись при стрельбе в птиц, чтобы подшибать их, не раня. Они же были постоянным атрибутом шутов.

С. 9. ...*четыре из его пяти умственных способностей получили тяжелое увечье...* — Пятью умственными способностями считались: здравый смысл, воображение, изобретательность, способность суждения и память. По мнению Беатриче, Бенедикт сохранил из них только здравый смысл.

С. 11. *Ну, вам бы только попугаев обучать.* — Любители грубых шуток нередко обучали своих попугаев ругательным словам.

Отлично, Леонато. — Во время словесной дуэли между Бенедиктом и Беатриче дон Педро о чем-то тихо разговаривал с Леонато.

С. 12. ...*Купидон — хороший охотник на зайцев, а Вулкан — отличный плотник?* — Примеры нелепостей, так как Купидон изображался с завязанными глазами, а Вулкан, бог подземного огня, был кузнецом, а не плотником.

С. 13. ...*носить на голове шапку, не вызывая подозрений?* — Намек на «рога» обманутого мужа, торчащие из-под шапки.

С. 14. ...*привесить мне рожок на невидимый ремешок...* — «Невидимый» — в отличие от «видимого» ремня, на котором висит охотничий рог.

С. 15. *Адам Белл* — знаменитый английский стрелок, воспетый в балладах.

Если только Купидон не растратил в Венеции всех своих стрел... — Венеция считалась городом, особенно богатым любовными приключениями.

«...июля шестого дня. Ваш любящий друг Бенедикт». — Клавдий и дон Педро цитируют заключительные строки воображаемого любовного письма Бенедикта.

С. 18. *...родился под знаком Сатурна.* — Согласно астрологическим представлениям, люди, родившиеся под знаком планеты Сатурн, должны были обладать меланхолическим темпераментом.

С. 22. *...буду водить его обезьян в аду.* — Согласно старому английскому поверью, старым девам суждено после смерти прогуливать в аду чужих детей в наказание за то, что при жизни они не имели своих.

С. 23. *Отдавать отчет в своем поведении куску грубой глины!* — Намек на библейское сказание о том, что Бог создал первого человека Адама из глины.

Синкпес — танец в пять па (от французского cinq-pas).

С. 24. *Моя маска — вроде крыши Филемоновой хижины: внутри — Юпитер.* — В «Метаморфозы» Овидия входит сказание о Филемоне и Бавкиде, благочестивой чете старых любящих супругов, которые радушно приняли в своей хижине посетивших их под видом усталых путников Зевса и Гермеса.

И рука у вас сухая и с той и с другой стороны... — Сухая ладонь считалась признаком отсутствия темперамента.

С. 25. *«Сто веселых рассказов»* — распространенный в те времена список анекдотов.

С. 27. *На шее, как цепь богатого ростовщика?* — Богатые горожане нередко носили на шее массивную золотую цепь.

Так говорят честные торговцы скотом, продав быка. — После заключения сделки продавец высказывал покупателю пожелание, чтобы тот счастливо владел скотиной.

С. 29. *Ата* (греч. миф) — божество мести и раздора.

Пресвитер (священник) *Иоанн* — в средневековых легендах — владыка христианского царства в глубине Азии.

Великие Моголы — тюркская династия в Индии, основанная в начале XVI века.

С. 38. *Да, конечно.* — Во время предыдущей реплики Бенедикта дон Педро тихо разговаривал с Леонато или Клавдио о задуманной последними серенаде, и начальные слова этой реплики обращены им к одному из них.

С. 49. ...*от талии кверху — Испания: не видно камзола.*— Испанцы тоже носили камзолы, но обычно у них камзол был прикрыт плащом и потому малозаметен.

С. 52. ...*претерпеть спасение души и тела.* — Подобно многим другим персонажам у Шекспира, Кизил и Булава здесь и дальше коверкают слова или говорят противоположное тому, что надо сказать. Например, «претерпеть» — вместо «заслужить», далее «наказания» — вместо «награды», «непригоднее» вместо «пригоднее» и т. д.

С. 59. *«Свет любви»* — популярная песня.

...*если вы не стали вероотступницей, так больше нельзя держать путь по звездам.*— Маргарита хочет сказать: «Если вы не изменили своей закоренелой ненависти к мужчинам, право, нельзя больше доверять ясным указаниям, которые дает нам природа».

С. 60. *Carduus benedictus* — целебный чертополох, считавшийся хорошим средством при сердечных заболеваниях.

С. 83. ...*боюсь, что мы оказались бы слишком молоды для них...* — то есть слишком сильными противниками.

С. 84. *Синьор, я ваши насмешки поймаю на полном скаку...* — образ из практики рыцарских турниров, содержащий скрытую угрозу вызова на поединок.

С. 85. ...*«Бог видел его, когда он прятался в саду».* — Шутливый намек на библейский рассказ о грехопадении Адама.

Благослови, Господи, вашу обитель. — Такими словами нищие обычно выражали свою благодарность, когда получали милостыню в монастыре.

С. 97. *Европа* — дочь финикийского царя Агенора, которую влюбленный в нее Юпитер похитил, приняв образ быка.

«КАК ВАМ ЭТО ПОНРАВИТСЯ»

С. 124. *Оно подобно ядовитой жабе, что ценный камень в голове таит.* — Одно из многочисленных перешедших из Средневековья в Возрождение суеверных представлений о чудесных свойствах некоторых животных.

С. 135. *Декдем, декдем, декдем* — припев неясного происхождения. Возможно, что это уэльское слово, означающее: «приди ко мне».

...*всех перворожденных Египта.* — Начитанные в Библии (см. Вторую книгу Моисея) англичане того времени разумели под этим богатых и знатных людей.

С. 145. *Будут вместо книг деревья...* — Сцена эта является пародией на эпизод поэмы Ариосто «Неистовый Роланд», где описывается, как влюбленный в Анджелику Роланд (по-итальянски — Орландо) бродит среди деревьев, читает на их стволах сплетенные инициалы Анджелики и своего соперника Медора и рубит мечом эти надписи вместе с деревьями.

С. 149. *Аталанта* — в греческой мифологии девушка, славившаяся своей гордостью и нравственной чистотой.

Лукреция — древняя римлянка, лишившая себя жизни после того, как ее обесчестил сын царя Тарквиния.

Елена — Елена Прекрасная, из-за красоты которой разгорелась, согласно мифу, Троянская война, длившаяся десять лет.

С. 150. *...с тех пор как я была ирландской крысой...* — Намек на ирландских «заклинателей», выманивавших пением и игрой на волынке крыс из погребов и топивших их.

С. 151. *...целый Южный океан открытий.* — На рубеже XVI и XVII веков английские мореплаватели открыли в океанах целый ряд новых островов и земель.

С. 153. *...не заучивали ли вы наизусть надписей на их перстнях?* — На обручальных кольцах в те времена нередко вырезались краткие изречения из Библии или какие-либо морализирующие сентенции.

...отвечаю вам, как на обоях, с которых вы заимствовали ваши вопросы. — В те времена на стенных обоях нередко изображались человеческие фигуры с выходившими из их уст лентами, на которых были написаны какие-нибудь ходячие изречения.

С. 158. *...похож на... Овидия среди готов.* — Овидий, поэт времен Августа (I в. до н.э. — I в. н.э.), был сослан на побережье Черного моря, заселенное тогда готами.

Даже у Юпитера под соломенным кровом шалаша было лучшее пристанище. — Намек на рассказ Овидия (в «Метаморфозах») о посещении Юпитером хижины Филемона и Бавкиды, двух престарелых любящих супругов.

С. 160. *А здесь нет никого, чтобы вручить вам вашу невесту?* — По английским обычаям свадебный обряд требовал присутствия лица, обычно пожилого, передававшего невесту жениху.

...у сокола — свой бубенчик... — Во время соколиной охоты к лапке сокола прикреплялся бубенчик для того, чтобы, если сокол далеко залетит и не вернется, было легче его отыскать, идя на звон бубенчика.

С. 161. «*О милый Оливер!*» и «*Ступай назад! Прочь, говорят!..*» — строки из баллад того времени.

С. 170 ...*я испытываю самую гумористическую грусть.* — Согласно учению Аристотеля о темпераментах, общий жизненный тонус человека определяется преобладанием в теле одной из четырех «жидкостей» (humores, откуда — «гуморальный», «гумористический», позднее — «юмористический»). Грусть, меланхолическое настроение, согласно этой теории, объяснялись преобладанием в организме так называемой «черной желчи».

...*иначе я никак не поверю, что вы катались в гондолах.* — То есть побывали в Венеции. Уже в те времена Венеция была излюбленным местом, посещавшимся богатыми и знатными путешественниками.

С. 172. *Троил* — см. пьесу «Троил и Крессида».

Леандр — герой древнегреческого сказания, переплывавший каждый вечер при свете звезд Геллеспонт (пролив, отделяющий Черное море от Мраморного, нынешние Дарданеллы), чтобы повидаться со своей возлюбленной Геро, жившей на противоположном берегу, пока однажды темной и бурной ночью он не утонул.

С. 174. ...*буду плакать... как Диана у фонтана...* — В 1596 году в Лондоне, в Чипсайде, был поставлен фонтан из серого мрамора с изваянием Дианы, из грудных сосков которой лилась вода.

С. 184. ...*старый господин.* — Сказано, вероятно, в шутку.

С. 185. *Языческий философ, когда ему приходило желание поесть винограду...* — Намек на басню Эзопа о лисице и винограде. «Языческий философ» — сказано в шутку, вероятно, о самом Эзопе.

С. 186. *Бастонада* — итальянское слово, означающее «избиение палками».

С. 194. ...*ссора наша была по седьмому пункту.* — Эта строка и следующие являются пародией на переведенный в 1595 году на английский язык трактат итальянца Савболи «О чести и честных ссорах».

С. 197. *О брак, Юноны ты оплот...* — Юнона (Гера), супруга Юпитера (Зевса), подобно Гименею, также считалась хранительницей чистоты брака.

А. Смирнов

СОДЕРЖАНИЕ

МНОГО ШУМА ИЗ НИЧЕГО 5
КАК ВАМ ЭТО ПОНРАВИТСЯ 101
Послесловие. *А. Смирнов* 201
Примечания. *А. Смирнов* 214

Шекспир У.

Ш 41 Много шума из ничего. Как вам это понравится : комедии / Уильям Шекспир ; пер. с англ. Т. Щепкиной-Куперник. — СПб. : Азбука, Азбука-Аттикус, 2022. — 224 с. — (Азбука-классика).

ISBN 978-5-389-03203-3

В настоящем издании под одной обложкой объединены две «счастливые» комедии великого английского драматурга Уильяма Шекспира — «Много шума из ничего» и «Как вам это понравится». В них, как и во всех комедиях Шекспира, царит дух поэзии, царит дух любви. Непревзойденный мастер лиризма, в своих произведениях Шекспир изобразил не только красоту любви, но и комизм поведения влюбленных. В предлагаемых вниманию читателя комедиях много фарсовых эпизодов, шутовских, игровых, но самое интересное в них — изображение причуд человеческого сердца, того, что можно назвать странностями любви. Надеемся, что прелесть шекспировского стиха и изящество его остроумной прозы не оставит читателя равнодушным и на этот раз.

УДК 821.111
ББК 84(4Вел)-6

Литературно-художественное издание

УИЛЬЯМ ШЕКСПИР
МНОГО ШУМА ИЗ НИЧЕГО
КАК ВАМ ЭТО ПОНРАВИТСЯ

Художественный редактор Валерий Гореликов
Технический редактор Татьяна Тихомирова
Компьютерная верстка
Евгении Вальской и Алексея Положенцева
Корректоры Ольга Золотова, Нина Тюрина

Главный редактор Александр Жикаренцев

Знак информационной продукции
(Федеральный закон № 436-ФЗ от 29.12.2010 г.): **16+**

Подписано в печать 14.01.2022.
Формат издания 75 × 100 $^1/_{32}$. Печать офсетная.
Тираж 2000 экз. Усл. печ. л. 9,87.
Заказ № 0874/22.

ООО «Издательская Группа „Азбука-Аттикус"» —
обладатель товарного знака АЗБУКА®
115093, г. Москва, ул. Павловская, д. 7, эт. 2, пом. III, ком. № 1

Филиал ООО «Издательская Группа „Азбука-Аттикус"»
в Санкт-Петербурге
191123, г. Санкт-Петербург, Воскресенская наб., д. 12, лит. А

ЧП «Издательство „Махаон-Украина"»
Тел./факс: (044) 490-99-01. E-mail: sale@machaon.kiev.ua

Отпечатано в АО «Можайский полиграфический комбинат»
143200, Россия, г. Можайск, ул. Мира, 93
www.oaompk.ru
Тел.: (49638) 20-685

МИСТИЧЕСКИЕ ИСТОРИИ
РЕБЕНОК, КОТОРОГО УВЕЛИ ФЕЙРИ

Завораживающая атмосфера страха!
Джозеф Шеридан Ле Фаню, Вернон Ли и другие мастера приоткрывают двери в потусторонние и инфернальные измерения бытия.

Собранные здесь мистические истории британских и американских писателей созданы в XIX — начале XX века. Продолжая традиции европейского готического романа, представленные в сборнике авторы вовлекают героев и читателей в область метафизических и психологических загадок. Призраки невинно убиенных и опасные фейри, зловещие места и смертоносные артефакты из прошлого подтверждают старинную гамлетовскую истину: «есть многое на небе и земле», что не снилось скептической философии и рационалистической науке Нового времени.

ИЗДАТЕЛЬСКАЯ ГРУППА
АЗБУКА-АТТИКУС

В состав Издательской Группы
входят известнейшие российские издательства:
«Азбука», «Махаон», «Иностранка», «КоЛибри».

Наши книги — это русская и зарубежная классика,
современная отечественная и переводная
художественная литература, детективы, фэнтези,
фантастика, non-fiction, художественные
и развивающие книги для детей,
иллюстрированные энциклопедии по всем отраслям
знаний, историко-биографические издания.

Узнать подробнее о наших сериях и новинках
вы можете на сайте

www.atticus-group.ru

Здесь же вы можете прочесть отрывки из новых книг,
узнать о различных мероприятиях и акциях,
а также заказать наши книги через интернет-магазины.

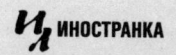

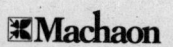

ПО ВОПРОСАМ РАСПРОСТРАНЕНИЯ ОБРАЩАЙТЕСЬ:

В МОСКВЕ

ООО «Издательская Группа „Азбука-Аттикус"»

Тел.: (495) 933-76-01,
факс: (495) 933-76-19

e-mail: sales@atticus-group.ru;
info@azbooka-m.ru

В САНКТ-ПЕТЕРБУРГЕ

Филиал ООО «Издательская Группа „Азбука-Аттикус"»

Тел.: (812) 327-04-55,
факс: (812) 327-01-60

e-mail: trade@azbooka.spb.ru

В КИЕВЕ

ЧП «Издательство „Махаон-Украина"»

Тел./факс: (044) 490-99-01

e-mail: sale@machaon.kiev.ua

Информация о новинках и планах на сайтах:

www.azbooka.ru
www.atticus-group.ru

Информация по вопросам приема рукописей
и творческого сотрудничества
размещена по адресу:
www.azbooka.ru/new_authors/